Diogenes Taschenbuch 22979

de
te
be

W0357146

Henry Slesar

Eine Mordschance

Geschichten

Aus dem Amerikanischen von
Jobst-Christian Rojahn

Diogenes

Die Geschichten erschienen erstmals
in amerikanischen Zeitschriften

Umschlagzeichnung von
Tomi Ungerer

Deutsche Erstausgabe

100/97/43/1
ISBN 3 257 22979 8

Inhalt

Historische Anmerkung: Im Jahr 1990 wurde die erste der Allgemeinheit zugängliche Schlafstation eröffnet. Sie offerierte Tiefkühlschlaf für Zeiträume von fünfundwanzig bis zweitausendfünfhundert Jahre, je nach Bedarf und Zahlungsfähigkeit. Das Unternehmen erwies sich als äußerst erfolgreich…

Guten Morgen! Hier ist die Zukunft

2494 n. Chr.

Er kam zu sich. Spürte, daß er massiert wurde, spürte eine warme Flüssigkeit, hörte wortlose Laute der Beruhigung. Dann wurde er von mechanischen Händen, die so sanft waren wie die einer Frau, aus dem Rotobad gehoben. Er war wie ein neugeborenes Kind und ebenso nackt. Sein Gewicht bei der Geburt betrug zweihundertundsechs Pfund, das meiste davon war Bauch.

Nach einer Weile durfte er sich aufsetzen. Er verlangte nach einer Zigarre, ein Ansinnen, das Verblüffung und einiges Gelächter auslöste. Ein Stationsmitarbeiter im weißen Kittel flüsterte seinem jüngeren Assistenten eine Erläuterung zu. Als dieser hörte, was eine ›Zigarre‹ war, sah er aus, als würde ihm übel.

Dann die Befragung:

»Sie heißen Jervis T. Murath?«

»Ja.«

»Ihr Alter bei Eintritt in die Stase?«

»Einundfünfzig.«

»Stimmt.«

»Sie gehörten vor Ihrer Aufnahme in die Schlafstation zur Finanz?«

»Hatte gehört«, knurrte Murath. »Der Börsenkrach im Jahr dreiundneunzig hat mich ruiniert. Konnte grad noch genug Geld für diesen Trip zusammenkratzen. Und noch ein bißchen was extra«, setzte er listig hinzu.

»Ihr Orientierungsunterricht fängt morgen an«, sagte der Aufseher. »Die Teilnahme ist freiwillig.«

»Ich will keinen Unterricht, sondern nur eins wissen: Gibt es die First Central Bank of Chicago noch?«

»Ich werde die Information anrufen.«

Der Mann sprach zu einem glühenden Fleck an der Wand und kam zurück. Er sagte: »Die First Central Bank of Chicago gehört inzwischen zu einer Gruppe von Bankinstituten, die sich zur Mid-Western Trust Company zusammengeschlossen haben. Alle Konten sind beibehalten worden. Sie können bei jeder der sechstausendvierhundert Zweigstellen der MTC Geld einzahlen oder abheben.«

»Wo finde ich die nächste?« fragte Murath.

Das Bankgebäude glich in Form und Farbe einem Ei. Das Geld, mit dem man dort umging, war bunt und recht hübsch. Er saß vor einer durchsichtigen Blase, die einen Kassierer umschloß.

»Mein Name ist Jervis T. Murath«, sagte er. »Ich habe 1995 bei der First Central mit tausend Dollar ein Konto eröffnet. Der Zinssatz betrug damals fünf Prozent, bei halbjährlicher Auszahlung. Ich kann mir nicht vorstellen, daß der Satz seither der gleiche geblieben ist.«

»Nein, Sir«, sagte der Kassierer. »In den zurückliegenden fünfhundert Jahren hat er zwischen null und siebzehn Prozent geschwankt. Einen Augenblick, ich sehe mal in Ihren Unterlagen nach.«

Murath hielt die Luft an und hätte gern eine Zigarre gehabt.

Der Kassierer kehrte zurück. »Ihr Geld ist deponiert«, sagte er. »Die Gesamtsumme beläuft sich auf sechsundzwanzig Millionen siebenhunderttausendachthundertvierundfünfzig Dollar und vier Cent.«

»Danke«, sagte Murath ehrfürchtig, aber nicht zum Kassierer. »Ich hätte gern fünfzigtausend in bar, jetzt gleich.«

Das Geld in der Tasche, verließ er die Bank. Auf der gegenüberliegenden Straßenseite befand sich ein riesiger Rundbau mit Rollrampen. Die vielen Menschen, in der Mehrzahl Frauen, und die Pakete ließen ihn vermuten, daß es sich um ein Kaufhaus handelte. Und er hatte recht.

Er betrat das Kaufhaus und schnalzte vergnügt beim Anblick des wunderbaren Warenangebots. Eine attraktive junge Frau in einer kurzen blauen Tracht trat zu ihm.

»Ich bin Ihre Betreuerin«, sagte sie. »Kann ich Ihnen helfen?«

»Aber sicher«, antwortete er mit einem Grinsen. »Ich brauche so gut wie alles.« Er sah an seinem altmodischen Anzug hinunter. »Als erstes was anzuziehen. Wieviel kostet das Hemd da drüben?«

»Hübsch, nicht wahr?« Die junge Frau lächelte. »Und es

ist noch dazu im Ausverkauf. Nur dreihunderttausend Dollar.«

2911 n. Chr.

Lamb war nicht mehr auf der Schlafstation. Er befand sich in einem seltsam dimensionslosen Raum, dessen Wände aus Licht zu bestehen schienen. Es war kühler dort, als ihm lieb war, und sein magerer, nackter Körper zitterte auf dem leichten Schaumstoffstreifen.

»Kühl hier drin«, sagte er zu dem haarlosen Mann.

»Hier herrscht eine immer gleichbleibende Idealtemperatur«, bekam er zur Antwort. »Sie werden sich daran gewöhnen. Sie heißen James Percy Lamb?«

»Stimmt. Sind Sie der Arzt?«

»Nein, Mr. Lamb.« Er lachte. »Nicht die Art von Doktor, an die Sie denken. Sie werden feststellen, daß es den Beruf des Mediziners in der Form, wie Sie sie gekannt haben, nicht mehr gibt. Da ist die Unfallabteilung und das Vorsorge-Korps, sicher. Aber aus Ihrem Schlafstation-Antrag läßt sich ersehen, daß Sie einen Pathologen erwarten.«

»Dann wissen Sie also Bescheid«, sagte Lamb nervös und fuhr sich mit der Zunge über die Lippen. »Können Sie mir helfen? Haben Sie ein Heilmittel gefunden?«

»Seien Sie beruhigt, mein Freund. Ihr Gebrechen gehört der Vergangenheit an. Wir haben schon vor Generationen alle Krankheiten ausgerottet.«

»Dann habe ich also recht gehabt«, flüsterte Lamb. »Ich habe gewußt, daß es richtig war. Zu meiner Zeit wäre ich gestorben...«

»Jetzt wird alles gut. Wir sind gerade dabei, die Dosis des Gegenmittels speziell für Ihr Leiden festzusetzen. Das wird ein paar Stunden dauern, weil das Mittel schon viele Jahre lang nicht mehr gebraucht worden ist. Seien Sie ganz entspannt und warten Sie.«

Er wurde allein gelassen, lag zitternd da.

Endlich kamen zwei andere haarlose Männer durch die Lichttür herein. Der eine hatte eine Spritze mit rundem Kopfstück in der Hand.

»Da sind wir«, sagte er vergnügt. »Diese Druckspritze wird das Gegenmittel in nur fünf Sekunden in Ihren Blutkreislauf befördern. Wir gehen davon aus, daß sich dann innerhalb der nächsten acht Stunden Antikörper bilden werden.«

Der Kopf der Spritze wurde an seinen nackten, von Gänsehaut überzogenen Arm gelegt. Er spürte nichts, und als die Männer gingen, war er schon eingeschlafen. Er wachte wieder auf, als es Morgen hätte sein können, und stellte fest, daß sein Körper mit einem glühenden Zylinder, der sein Fleisch zu durchdringen schien, untersucht wurde.

»Was ist das?« fragte er.

»Eine Diagnose«, antwortete der haarlose Mann. »Wir sind durchaus zufrieden, Mr. Lamb. Ihr System ist jetzt vollkommen frei von der Krankheit.« Er schaltete den glühenden Zylinder ab.

Lamb fing an zu weinen.

»Gott sei Dank«, sagte er schniefend, und die Tränen liefen ihm über die Wangen. Dann mußte er niesen.

»Was war das denn?« fragte der haarlose Mann und sprang zurück.

»Nichts, nur ein Niesen. Mir war in der vergangenen Nacht ein bißchen kalt. Wahrscheinlich habe ich mir eine Erkältung geholt.«

»Eine Erkältung. Eine *Erkältung*?« sagte der Mann entsetzt. Er stürzte aus dem Raum und kam mit zwei anderen zurück. Ihre Gesichter verrieten Erregung.

»Was ist denn los?« fragte Lamb und nieste erneut. »Ich habe Ihnen doch gesagt, daß es nur eine Erkältung ist.«

»Wir rufen besser das Vorsorge-Korps«, murmelte einer der Männer.

Eine halbe Stunde später erschienen die uniformierten Beamten. Sie hatten Schutzmasken auf und näherten sich ihm vorsichtig. Sie hielten ihn an den Armen fest und verpaßten ihm eine schnelle, schmerzlose Injektion, die seinem Leben und der Ansteckungsgefahr in nur fünf Minuten ein Ende machte.

3998 n. Chr.

»Wach?« fragte der blasse, muntere Mann mit dem wirren Kraushaar. Zack starrte ihn wild an, sah die verkümmerte Zunge in seinem zahnlosen Mund und zitterte vor Angst, als er daran dachte, was die Mutation bei den Menschen bewirkt hatte.

Glücklicherweise schien die in ein silbernes Gewand gehüllte Frau neben ihm seiner eigenen Art ein wenig ähnlicher zu sein. Auch sie hatte weißes, wuscheliges Haar, und ihre Nase war kleiner, als es eine Nase eigentlich sein sollte, aber sonst glich sie doch weit eher den Angehörigen von Zacks Generation.

»Seien Sie unbesorgt«, sagte sie sanft. »Ich heiße Ki und bin Chefin der Medizinischen Wissenschaften. Ihre Schlafstation-Unterlagen sind erhalten geblieben. Sie heißen Bernard Zack…«

»Nein!« sagte Zack rauh. »Smith«, sagte er, »Harold Smith.«

Die Frau lächelte. »Zwei Monate nach Eintritt in die Stase ist Ihr Antrag mit einem Zusatz versehen worden, Mr. Zack. Eine Polizeiorganisation mit Namen FBI, glaube ich, erstellte eine berichtigte Fassung, welche die wahren Angaben zu Ihrer Identität und Biographie enthält. Ich muß leider sagen, daß Sie Ihre Spuren auf dem Weg von Leavenworth zur Schlafstation nicht allzu gut verwischt haben. Selbstverständlich werden tiefgefrorene Schläfer nicht aufgeweckt, weil man befürchten muß, daß es zu einem tödlichen Schock kommt, weshalb die Polizei lediglich Anweisungen zu Ihrer Festnahme in der Zukunft hinterlassen hat.«

Zack sackte verzweifelt in sich zusammen. »Dann sitze ich also in der Falle«, sagte er düster. »Zweitausend Jahre später, und ich sitze in der Falle.«

»Wie lange waren Sie denn im Gefängnis, Mr. Zack?«

»Elf Jahre«, antwortete er bitter. »Ich mußte unbedingt da raus, sonst wäre ich verrückt geworden. Ich kann den Gedanken nicht ertragen, wieder ins Gefängnis zu müssen…«

Die Frau mit der zu kleinen Nase lachte. »Wie kommen Sie darauf, daß Sie das müssen?«

Zack sah hoffnungsvoll auf.

»Nein, nein«, fuhr die Frau fort und berührte ermutigend seine Schulter. »Seit Ihrer Zeit hat sich die Welt sehr verändert, Mr. Zack. Es gibt keine Verbrechen und keine Bestrafungen mehr. Polizei, Richter, Prozesse, Gefängnisse... all das gibt es bei uns nicht mehr.«

»Ist das Ihr Ernst? Keine Gefängnisse mehr?«

»Nein, wirklich nicht! Sie sehen also, Mr. Zack, Sie sind schließlich doch entkommen... in eine bessere, vernünftigere Welt. Sie werden von aller Schuld freigesprochen und hiermit zum Bürger der Erde ernannt, mit allen Rechten und Privilegien. Hier«, sagte sie geschäftsmäßig und überreichte ihm eine Karte, »hier ist Ihre Bürgernummer: 80-4589-TR5178. Bitte tragen Sie diesen Ausweis stets bei sich. Und Ihre Nummer muß deutlich sichtbar in mindestens zehn Zentimeter großen Zahlen hinten auf Ihrer Kleidung angebracht sein. Wir haben Ihnen eine Bürgeruniform besorgt, und Sie können gehen, wann immer Sie möchten. Viel Glück, Mr. Zack, und willkommen in der Zukunft!«

Eine Stunde später verließ er die Schlafstation. Draußen auf der Straße wimmelte es von Menschen. Alle trugen die Bürgeruniform mit deutlich sichtbarer Personalnummer. Verwirrt bahnte er sich einen Weg durch das Gedränge, als er plötzlich am Himmel ein unglaublich lautes Glockengeläut hörte. »Was ist denn das? Was ist denn das?« fragte er die anderen, die nun alle in einer Richtung die Straßen entlangeilten. »Was ist denn das?« rief er immer wieder, bis sich ein Fremder seiner erbarmte und ihm antwortete.

»Mittagessen«, sagte der Mann.

Der Handel

In seinem Rasierspiegel konnte Trevin durch die offenstehende Badezimmertür hindurch sehen, wie Felice den dünnen Metallstift ihrer Diamantohrringe durch das durchstochene Fleisch ihrer Ohrläppchen schob und sicherte. Die Beobachtung dieses Vorgangs drehte ihm fast den Magen um, aber vielleicht lag es ja auch nur am Anblick ihrer knochigen, über den volantbesetzten Frisiertisch gebeugten Schultern – ihre schlechten Augen zwangen sie dazu, mit dem Gesicht ganz dicht an den Spiegel heranzugehen. Sie hatte dieses Gesicht bis aufs äußerste abmagern lassen. Der Schädel schien schon durch die Haut stoßen zu wollen. Zu dürr, dachte Trevin, wenn auch nicht zu reich.

Er wischte die Schaumreste ab und betrachtete sein eigenes Gesicht. Das entgegengesetzte Problem. Noch immer gutaussehend, entschied er, aber bereits etwas fleischig. Er betastete seine Körpermitte. Auch kein Bügelbrett mehr. Er gab sich ein vages Versprechen, das etwas mit Diät und Körperertüchtigungsmaschinen zu tun hatte. Als er das Badezimmer verließ, bereicherte diese deprimierende Aussicht seine Stimmung um einen Anflug von Gereiztheit.

»Warum machen wir das bloß?« fragte er. »Wieso hat uns Newhall zum Abendessen eingeladen? Wir haben doch noch nie mit dem Mann verkehrt, du lieber Himmel, er ist Buchhalter!«

»Er ist weit mehr als nur das, und du weißt es.« Sie rieb die Lippen aneinander, um die Farbe des Lippenstifts zu verteilen. »Im übrigen konnte ich wirklich nicht noch einmal ablehnen, das war jetzt schon die dritte Einladung. Du wirst aber nicht allzu sehr leiden müssen«, setzte sie trocken hinzu. »Wie ich höre, hat er eine hübsche Frau.«

Felice hatte Spaß an ihren listigen Seitenhieben. Sie sprach das Thema der ehelichen Untreue gern offen an. Das war ihr Zaubermittel. Indem sie sie spöttisch zur Sprache brachte, verhinderte sie sie. Seltsamerweise hatte das Zaubermittel – bis auf wenige Ausnahmen – gewirkt.

Trevin fuhr den Lexus. Felice mochte nicht mit Raymond und dem Rolls aufkreuzen, weil ihr nicht daran gelegen war, den Unterschied im Lebensstil überzubetonen. Nicht daß die Newhalls etwa in Armut gelebt hätten. Ihre Wohngegend war solide gehobene Mittelklasse, und sie lebten in einem respektablen zweigeschossigen Haus aus der Kolonialzeit.

Sam Newhall, der sie an der Haustür begrüßte, schien für ihren Besuch fast übertrieben dankbar zu sein. Trevin hatte sich den Mann noch nie richtig angesehen – für ihn war er bisher immer nur eine untersetzte, mit Aktentasche ausgerüstete Gestalt gewesen, die einmal im Monat in Erscheinung trat und sich mit Felice in deren Arbeitszimmer zurückzog. Jetzt bemerkte Trevin plötzlich, daß Sam Newhall ein großer Mann mit frischer Gesichtsfarbe und blauen, von Fältchen umgebenen Augen war, athletisch gebaut und langsam kahl werdend. Trevin, der Vergleichsspielchen mochte, registrierte letzteren Tatbestand mit Genugtuung. Er strich sich über sein eigenes volles Haar und schüttelte Newhall mit einer Herzlichkeit die Hand, als wäre er froh, gekommen zu sein.

Wenig später war er das tatsächlich. In dem raumgestalterisch korrekten Wohnzimmer der Newhalls kam ihnen Daria Newhall entgegen. Mit vorgeschobenen Hüften schritt sie daher wie das Model, das sie wirklich einmal gewesen war. Sie war so alt wie ihr Mann, etwas über vierzig, aber ihr Haar war wieder blond, ihr Mund voll und sinnlich. Sie trug ein weites Kleid, aber die Bewegungen ließen eine wohlgeformte Figur erkennen. Wenn jetzt auch Felice ein Vergleichsspielchen spielte, dann konnte ihr nicht entgehen, daß sie auf der Seite der Verlierer stand.

Das seichte Geplauder war noch seichter als sonst, aber Newhall sorgte dafür, daß die Gläser nicht leer wurden. Daria sagte so gut wie gar nichts, bis sie hörte, daß Trevin an der Madison Avenue eine Galerie betrieb. »Ich liebe Bilder«, sagte sie. »Aber ich verstehe so wenig davon, daß ich mich nie traue, mir eine Meinung darüber zu bilden.«

»Trevin hat auch keine Meinung«, sagte Felice freundlich. »Deshalb ist er ja auch geschäftlich so erfolgreich.« Trevin lächelte. Es hätte schlimmer kommen können. Felice hätte ihnen erzählen können, daß die Galerie ihr Weihnachtsgeschenk für ihn gewesen war – damit er etwas hatte, wo er morgens hingehen konnte.

Während des Essens unternahm Newhall nur einen einzigen Versuch, Trevin ins Gespräch zu ziehen. Er fragte ihn, ob er gerne zelten ginge. Das sei seine ganze Leidenschaft, sagte er, seine Frau mache sich jedoch ganz und gar nichts aus Zelten, Bäumen und merkwürdigen tierischen Lauten. Trevin antwortete, er sei auch nicht sehr für das Freiluftvergnügen zu haben. Er bevorzuge die merkwürdigen tierischen Laute der Großstadt. Felice sagte: »Es gibt aber doch einen Freiluftsport, den wir betreiben. Wir beide reiten nämlich gern. So haben wir uns auch kennengelernt. Auf dem Reitweg.«

»Der dann zum Lebensweg wurde«, sagte Newhall und lachte. Dann kehrte er zu dem Thema zurück, das seine Klientin am meisten interessierte – ihr Geld.

»Ich weiß, Sie suchen immer nach besonderen Angeboten«, sagte er, »aber irgendwann dieser Tage müssen wir uns mal über Kommis unterhalten.« Bei diesem Wort grinste Felice Trevin über den Tisch hinweg an. Als Trevins Familie noch Geld gehabt hatte, hatte sie es ängstlich in Kommunalobligationen angelegt – und dann war die Stadt pleite gegangen. Jetzt war Felice sein festverzinsliches Wertpapier.

Der Eßtisch hatte ungewöhnliche Beine, und Trevin machte eine entsprechende Bemerkung. Daria sah ihren Mann an und fragte: »Darf ich ihm das Geheimnis verraten?«

»Später«, antwortete Newhall leicht gereizt.

Nach dem Essen gingen sie auf die Glasveranda hinaus, und ein stämmiges Dienstmädchen räumte ab. Als sie damit fertig war, nahm Daria Trevins Hand und bat ihn, ihr zu folgen. Trevin wußte, daß Felice sie beobachtete, obwohl sich ihre Augen nicht bewegten. Felice verfügte über die große Gabe der Rundumsicht. Darias Mann dagegen bemerkte nichts – er war vollauf damit beschäftigt, sich über Rück- und Vorprämien auszulassen.

Wieder im Eßzimmer, trat Daria an das eine Ende
sches und forderte Trevin auf, ans andere zu gehen u
ihr zusammen die nicht fest verankerte Tischplatte h
heben.

»Voilà!« sagte sie mit strahlendem Gesicht. Unter der Tischplatte war ein Würfeltisch verborgen. Daria kicherte. »Ist er nicht allerliebst? Ich habe ihn in einem Antiquitätenladen entdeckt und dann die Tischplatte dazu anfertigen lassen. Sam haßt ihn. Aber gibt es irgendwelche spaßigen Dinge, die er nicht haßt?« fragte sie in beschwörendem Ton.

Nachdem sie den Würfeltisch eine Weile bewundert hatten, fragte Daria, ob sie einmal zu ihm in die Galerie kommen dürfe, wobei sie versprach, ihn nicht nach seiner Meinung zu fragen. Trevin gab ihr seine Karte, und ihre Fingerspitzen berührten sich. Er fragte, ob sie die Tischplatte nicht wieder auflegen sollten, aber Daria schüttelte den Kopf.

»Lassen Sie nur. So kriegt Sam einen wahnsinnigen Wutanfall.«

»Ist das wünschenswert?«

»Er schläft dann unten. Das ist wünschenswert.«

Auf der Heimfahrt sagte Felice: »Solltest du daran denken, mit dieser Frau ein Verhältnis anzufangen, vergiß es gleich wieder. Ihr Mann ist Karatekämpfer und hat den schwarzen Gürtel.« Sie lachte, um zu zeigen, daß sie es nur so dahingesagt hatte.

Sie waren am Samstag bei den Newhalls zum Abendessen gewesen. Am Montag erschien Daria in der Galerie Kenner und betrachtete mit ernstem Interesse die Bilder an der

Wand. Dann erkundigte sie sich, ob er noch andere im Hinterzimmer aufbewahre, die sich anzusehen lohnten.

Das Hinterzimmer war ein fensterloser Raum, weshalb Trevin das Licht anknipste. Daria knipste es wieder aus und preßte sich an ihn.

»Kaum daß ich euch beide gesehen hatte, wußte ich, daß dir dies nicht unlieb sein würde«, sagte sie. »Sollte ich mich geirrt haben, sag's mir nur gleich. Ich werde nicht jünger.«

»Hat er unten geschlafen?«

»Nein«, antwortete Daria. »Aber ich.«

Es war für Daria bemerkenswert leicht, zu den heimlichen Treffen zu kommen. Sam Newhall war ein hart arbeitender Mann, der uneingeschränkt für seine Klienten da und bereit war, viele Stunden an seinem Schreibtisch auszuharren und sicherzustellen, daß ihre Portefeuilles in gutem Zustand blieben. Daria dagegen war terminlich ganz und gar nicht gebunden.

Sobald Trevin klar war, daß dies eine dauerhaftere Beziehung werden würde, hielt er es für angebracht, einige Veränderungen vorzunehmen. Er verlängerte die Arbeitszeit seiner Teilzeitkraft Blaine und mietete die kleine Einzimmerwohnung direkt über der Galerie. Ihm wurde bewußt, daß er in diesem einen Zimmer weit glücklicher war als in den achtzehn Räumen von Felices Haus.

Das Glücklichsein bereitete ihm jedoch auch Unbehagen. Er war in der Überzeugung groß geworden, daß das Leben aus einer Kette gebrochener Versprechen bestand. Teure Teppiche waren ihm unter den Füßen fortgezogen worden. Seine Kindheit war durch Wohlhabenheit ausgezeichnet gewesen, seine Jugend durch Armut. Er hatte keine Arbeit finden können, die ihn fesselte. Schon über dreißig Jahre alt, war er einem schlechten Rat gefolgt und hatte eine gute Partie gemacht. Heute lebte er in einem Minimalsicherheitstrakt, und Felice war seine Gefängnisaufseherin.

Trevin stellte fest, daß Daria im Hinblick auf ihr Leben ähnlich dachte: »Noch schlimmer«, sagte sie düster. »Du bist ein Mann und kannst dich durchwurschteln. Komm mir jetzt nicht mit feministischem Geschwafel, für Frauen wie mich ist das da draußen immer noch Sibirien. Ich hatte mal ein Gesicht, von dem ich leben konnte, aber das ist vorbei.«

Er murmelte etwas Bestätigendes, aber sie war an Schmeicheleien nicht interessiert. »Früher oder später wird auch dies hier vorbei sein. Du wirst wegen deiner Frau nervös werden, oder vielleicht merkt Sam, daß ich zu oft in die Stadt fahre. Wir hören auf, uns zu treffen, wir werden alt, und das war's dann.«

Trevin war von ihrem Pessimismus tief betroffen.

Eines Tages schnitt er das Thema Scheidung an, aber sie ging mit einem Achselzucken darüber hinweg. Ihr geldgewiefter Mann würde ihr nicht einen Cent lassen. Und Felice? Jetzt war es an Trevin, mit den Achseln zu zucken. Felice und er hatten eine voreheliche Vereinbarung getroffen.

Es kam ein Wochenende, an dem Sam Newhall eine Campingtour machte und Felice zu einem Treffen ehemaliger Studentinnen fuhr. Trevin und Daria verbrachten zwei Tage miteinander. Am Sonntagabend betranken sie sich mit

Champagner. Daria sah ihn über den Rand ihres Glases eulenhaft an und sagte: »Ich schlag dir einen Handel vor.«

»Gut«, sagte Trevin, »für einen Handel bin ich immer zu haben.«

»Bei diesem wirst du dir aber vor Angst in die Hosen machen.«

»Noch besser«, sagte Trevin.

»Also, bist du bereit? Du kümmerst dich um deine Frau, ich kümmere mich um meinen Mann.«

»Kümmern.«

»Du weißt schon.«

»N-n-nich g-g-g-ganz«, sagte Trevin und korrigierte seine Aussprache. »Nicht ganz«, sagte er vorsichtig. »Obwohl mir irgendwas sagt, daß du ›sie loswerden‹ damit meinst. Stimmt das, oder bin ich zu betrunken, um das alles noch richtig kapieren zu können?«

Sie kicherte unbeherrscht los. »Mein Himmel, ich glaube wirklich, daß wir's schaffen könnten! Ich meine, ich auf alle Fälle. Wenn du wüßtest, wie nah dran ich schon war! Ich hab ihn mal mit ner Haarbürste geschlagen. Wenn das ein Hammer gewesen wäre, hätte ich ihm glatt den Schädel zertrümmert! Ist mein völliger Ernst.«

»Zuchthaus«, sagte Trevin salbungsvoll. »Fette Weiber in Uniform, die dich rumkommandieren. Vielleicht droht auch der elektrische Stuhl. Sie scheren dir den Kopf kahl.« Er strich ihr über ihre blonden Locken. Dann nahm er sie in die Arme und küßte sie sehr lange.

Als er fertig war, winkelte sie ihre Beine auf dem Sofa an und sagte: »Ich wüßte schon, wie ich's machen würde. Ich würde ihn mit etwas schlagen, das schwerer ist als eine

Haarbürste. Dann würde ich ihn in den Wald rausbringen. Habe ich dir schon erzählt, daß Sam mal ganze zwei Tage verschollen war? Er war in den Wald gezogen und kam zur verabredeten Zeit nicht wieder. Ich rief die Polizei an. Er hatte sich verirrt. Der große Pfadfinder hatte sich glatt verirrt!«

»He«, sagte Trevin und grinste albern.

»Ach, vergiß es«, sagte Daria. »So was funktioniert nie, das weiß ich. Wir landen lediglich bei einer dieser Sendungen im Fernsehen, bei denen es um Verbrechen geht. Vergiß es ganz schnell wieder, okay?«

»Lassen wir doch einfach alles, wie's ist«, sagte Trevin. »Ist das nicht möglich?«

»Nein«, sagte Daria mit Entschiedenheit. »Eines steht fest: Wir können die Dinge nicht so lassen, wie sie sind.«

Eine Woche lang hörte er nichts von ihr, und seine Besorgnis wurde zu Panik. Er rief bei ihr zu Hause an und gab vor, ihren Mann zu suchen. Das Mädchen sagte ihm mit einem starken spanischen Akzent, Mr. Newhall, er in seinem Büro. Als er nach Mrs. Newhall fragte, sagte das Mädchen, die nicht da. Er fing an, sich alles mögliche einzubilden.

Eines Nachmittags fuhr er zu Daria und parkte sein Auto so, daß er ihr Haus gerade noch beobachten konnte. Seine Überwachungsaktion war ein Erfolg. Daria kam in einem Kombi angefahren und begann, Pflanzen auszuladen, die sie bei einer Gärtnerei geholt hatte. Er fuhr langsam an ihr vorbei und streckte den Kopf durchs Seitenfenster.

»Was muß ich tun, damit ich dich mal wieder zu sehen kriege?«

Sie antwortete nicht.

Am nächsten Morgen klingelte in der Galerie das Telefon, und Blaine brachte ihm den Apparat. Es war Daria, und sie flüsterte: »Er hat mich gestern abend geschlagen. Du hättest mal hören sollen, wie er mich beschimpft hat! Ich glaube, er ist uns auf die Schliche gekommen.«

»Was soll ich tun?«

»Was ich vorgeschlagen habe«, sagte Daria leise. »Wenn ich's tue, tust du's dann auch? Beantworte mir diese Frage auf der Stelle!«

»Es ist erst halb zehn!« antwortete Trevin. »Ich habe meinen Kaffee noch nicht getrunken.«

»Was hat denn das damit zu tun?«

Blaine sah zu ihm herüber. Glücklicherweise kam eine Kundin herein. Blaine ging, um sie zu begrüßen, buckelte und dienerte. Trevin knirschte mit den Zähnen ins Telefon und sagte: »Ich weiß nicht, ob ich die Nerven dazu habe. Aber wenn du es machst… ich meine, wenn du es wirklich tust…«

»Willst du damit sagen, der Handel ist perfekt?«

Blaine kam mit der Kundin zu ihm. Sie wollte tatsächlich ein Bild kaufen.

Felice schien abends beim Essen über irgend etwas beunruhigt zu sein. Als er sie fragte, sagte sie: »Sam Newhall wird morgen nicht kommen, und das, wo ich dieses verdammte Finanzamt am Hals habe, das mich wegen irgendwelcher Einkommen aus Kapitalanlagen pestet.« Sie schob ihm ein offiziell aussehendes Schreiben hin, aber Trevin wußte nicht das geringste damit anzufangen.

»Warum kann er denn nicht kommen?« fragte er.

»Sam geht mal wieder auf eine seiner Campingtouren, für zwei Wochen, hat er gesagt. Die letzte Gelegenheit vor Anbruch der kalten Jahreszeit. Ich bin auf hundertachtzig und könnte schreien! Ich hasse diese Drohbriefe vom Finanzamt.«

»Wer tut das nicht?«

»Ich kann nicht warten, bis er wieder da ist. Morgen früh gehe ich zu Wickerman.« Wickerman war ihr Anwalt. »Könntest du vielleicht morgen die Galerie mal sich selbst überlassen? Ich erwarte nämlich die Polsterer. Du mußt ihnen nur die zwei Sofas zeigen, die ich neu bezogen haben möchte. Das schaffst du doch, wie?«

»Ich bleibe zu Hause«, sagte Trevin mit einem Seufzer.

Am nächsten Vormittag kamen drei Anrufe. Zunächst meldete sich Felices Mutter mit ihrem üblichen Neunuhrgequengel – sie verlangte nach einem töchterlichen Besuch am kommenden Wochenende. Dann riefen die Polsterer an, um den Termin zu verschieben. Der letzte Anruf kam von Daria. Klugerweise fragte sie das Mädchen erst nach Mrs. Kenner, war dann aber bereit, auch mit dem Mann vorliebzunehmen.

»Ich habe bei der Galerie angerufen«, sagte sie, und es hörte sich an, als wäre ihre Kehle zugeschnürt. »Aber ich bin froh, daß du da bist. Du mußt mal rüberkommen.«

»Du meinst, jetzt gleich?«

»Nächste Woche wohl kaum.«

»Ist dein Mann weg? Zu seiner Zelttour?«

»Er ist unterwegs«, sagte Daria. Er konnte fast ihre zusammengebissenen Zähne vor der Sprechmuschel sehen.

Er fuhr die sechzehn Kilometer bis zum Haus der Newhalls absichtlich langsam. Er lauschte dem Echo von Darias Anruf in seinem Kopf und versuchte, ihre Worte mit einem Gefühl in Verbindung zu bringen. Das einzige, was passen wollte, war Angst.

Außer Daria war niemand daheim. Kein spanisches Hausmädchen. Nur Daria, die mit verschränkten Armen an der Haustür auf ihn wartete. Das Sonnenlicht ließ ihr Haar und ihr Gesicht fahl aussehen. Eine Geistererscheinung am hellichten Tag.

»In der Garage«, sagte sie.

Sie führte ihn ums Haus und zog mit einem Ruck die Garagentür hoch. In der Garage stand der Kombi. Sie sah Trevin an und forderte ihn auf, die Heckklappe zu öffnen.

Er wußte, was unter der zerknitterten Zeltplane lag, noch bevor er sie berührt hatte, weshalb er es auch unterließ. Daria warf ihm einen geringschätzigen Blick zu und zog die Zeltplane so weit zurück, daß Sam Newhalls steingraues Gesicht zu sehen war. Unter einer Ecke der Plane war Blut hervorgesickert, hatte sich unter dem vollgepackten Rucksack ausgebreitet und rieselte nun auf die Heckklappe zu. In ein paar Sekunden würde es auf seine Schuhe hinabtropfen, und Trevin, dem schon beim Anblick durchstochener Ohrläppchen ganz komisch im Magen wurde, mußte sich übergeben. Daria schlug schnell die Heckklappe zu und schob ihn von dem Kombi weg.

»Hör damit auf!« sagte sie. »Wenn du den Anblick von Blut nicht ertragen kannst, dann nimm eben Gift oder sonst was.«

»Was?« fragte er verständnislos.

»Du weißt verdammt gut, was«, antwortete Daria. Dann zog sie eine Straßenkarte hervor und studierte sie.

Felice war schlechter Laune, als sie an diesem Nachmittag nach Hause kam. Wickerman war ihr keine allzu große Hilfe gewesen. Er würde dem Finanzamt zwar zuvorkommen, mußte sich aber erst mit Mr. Newhall über die richtige Vorgehensweise verständigen, und Mr. Newhall spielte für die nächsten zwei Wochen Pionier.

Als Trevin ihr von ihrer Mutter und den Polsterern berichtete, wäre sie vor lauter Frustration fast in Tränen ausgebrochen.

»Warum muß alles immer so schwierig sein?« fragte sie und quetschte ihren Nerz rücksichtslos zwischen ihren Zobel und ihren Hermelin in den Schrank.

»Du brauchst eine Abwechslung«, sagte Trevin. »Vielleicht eine Kreuzfahrt oder so etwas.«

»Du weißt doch, daß ich seekrank werde«, sagte Felice. »Aber etwas anderes könnten wir tun, etwas, was wir schon lange nicht mehr gemacht haben.« Trevin zuckte zusammen. Felice fuhr fort: »Wir könnten mal wieder reiten gehen! Das Wetter ist noch gut, schön frisch. Könnten wir das nicht machen, Trevin?«

»Natürlich«, antwortete er.

Zum zweiten Mal an diesem Tag sah er einen Wald vor sich, so dicht, daß kein Sonnenlicht ihn zu durchdringen vermochte.

Sie konnten ihre Reiterferien nicht sofort antreten, und Trevin durchlebte die betäubtesten sechsundneunzig Stunden seines Daseins. Aber Felice mußte ja vorher noch ihre

Mutter besuchen und sich von ihr auf den neuesten Stand ihrer Leiden bringen lassen. Außerdem mußte sie die Polsterer rüffeln, die dann endlich erschienen und die beiden Sofas davonkarrten. Derweil hörte Trevin nichts von Daria und – natürlich – auch nichts von ihrem Mann, der von der Außenwelt isoliert war. Vollkommen isoliert.

Dann aber war der Tag da, und die Aussicht auf Urlaub bewirkte, daß Felice richtiggehend angenehm, ja sogar heiter war. In schönstem herbstlichem Sonnenschein fuhren sie nach Huntersville zur Meadowlane Farm, wo Felice schon als Kind geritten war. Sie war stolz darauf, wie gut sie zu Pferde saß, aber ihre frühen Reitlehrer hatten wohl den damenhaften Qualitäten den Vorzug vor den reiterlichen gegeben, denn ihr Aussehen war besser als ihre Reitkünste.

Trevin war auch kein sonderlich guter Reiter und mochte keine allzu beherzten Tiere. Er suchte sich im Stall eine Fuchsstute aus, die als leichtgängig galt, während sich Felice zu einem temperamentvollen Reitpferd namens Quecksilber hingezogen fühlte. Sie entschied sich zudem für einen englischen Sattel, aus dem sie fast herausgefallen wäre, weil der Sattelgurt nicht fest genug angezogen worden war.

»Unser letzter Ausritt liegt schon ein Weilchen zurück«, erklärte Trevin dem Stallburschen. »Wir sind beide ein bißchen eingerostet.«

»Dann seien Sie mal hübsch vorsichtig«, äußerte der Angesprochene. »Wir hatten vergangene Woche 'ne Menge Regen. Sie könnten in ein paar Wasserlöcher reingeraten, die vorher noch nicht da waren.«

»Wir werden uns vorsehen«, sagte Trevin und war dem Stallburschen dankbarer, als dieser ahnte.

Sie brachen auf, Felice vorneweg. Sie hielt die Zügel nicht ruhig, aber das schien Quecksilber nichts auszumachen. Das Pferd trabte munter dahin, da es den Weg ja schon kannte. Und Trevins Gaul war's zufrieden, brav hinterherzutrotten.

In weniger als einer halben Stunde waren sie im Wald. Felice wurde immer kühner, und als sich der Weg verbreiterte, galoppierte sie, Trevin zurücklassend, mit Quecksilber davon.

Als er Felice wieder eingeholt hatte, sagte er: »Dein Sattel gefällt mir gar nicht. Ich glaube, der Gurt sitzt immer noch nicht richtig.«

Er stieg vom Pferd, um den Sattelgurt fester zu ziehen. Felice schien gerührt. »Es ist schön, daß du dir zur Abwechslung mal Sorgen um mich machst.«

»Du wärst überrascht, wenn du wüßtest, wie sehr ich mich um dich sorge«, sagte er wahrheitsgemäß. Dann sorgte er dafür, daß der Sattelgurt noch weniger fest saß als vorher, und stieg wieder auf sein Pferd. Quecksilber drängte weiter, warf den Kopf von einer Seite zur anderen und galoppierte los, bevor Felice ihn richtig unter Kontrolle hatte. Sie drückte die Beine fest an, aber ohne ordentlich aufgenommene Zügel konnte sie nur abwarten, bis das Pferd all seine Energien verausgabt hatte. Als der Gurt plötzlich wegrutschte, sah es so aus, als habe ein Erdbeben sie plötzlich aus dem Sattel geschleudert. Felice stieß einen Schrei aus, flog in hohem Bogen vom Pferd und landete hart auf dem laubbedeckten Boden, wobei sie nur knapp den Stamm einer alten Ulme verfehlte. Als Trevin bei ihr eintraf, rang sie nach Luft und stöhnte vor Schmerzen. Sie hatte sich

Prellungen zugezogen, aber nach der Art und Weise zu urteilen, wie sie mit Armen und Beinen strampelte, war nichts gebrochen. Blut war nur auf ihrer Stirn zu sehen, wo sie eine fünf Zentimeter lange Hautabschürfung hatte.

Felice stieß etwas Unverständliches hervor. Trevin sprang behende aus dem Sattel und eilte zu ihr. Er zog sein Taschentuch heraus und drückte es auf die blutende Stelle, war aber in Wirklichkeit eher daran interessiert, ihr die Augen als die Wunde zu verbinden. Er murmelte ein paar beruhigende Worte, nahm dann, ohne sich Zeit zum Nachdenken zu lassen, ein dickes Aststück von etwa sechzig Zentimetern Länge vom Boden auf und versetzte ihr mit aller Kraft einen Schlag auf den Kopf. Das wiederholte er mehrere Male, ohne mitzuzählen. Dann schleuderte er das Holzstück tief in den Wald hinein.

Auch zwei Wochen nach Felices tragischem Unfall war Sam Newhall noch immer nicht zu erreichen. Felice Kenners Anwalt Phelps Wickerman mußte zu seinem großen Kummer den gesamten Nachlaß mit Hilfe eines unabhängigen Wirtschaftsprüfers ordnen. Das war sehr ärgerlich, weil sich Newhall, was Felices Finanzen anging, offensichtlich um alles gekümmert und sorgfältig vermieden hatte, sein Wissen mit anderen zu teilen. Wickerman brauchte Tage, um sich ein Bild zu machen, und als ihm das endlich gelungen war, rief er den trauernden Gatten an und teilte ihm mit, daß er ihn zu sprechen wünsche.

Trevin kam in die Kanzlei. Er sah elend aus. Seit dem Tod seiner Frau hatte er nichts essen können. Seine Augen waren schwarze Höhlen. Sie verliehen seiner Trauer Würde.

»Müssen wir das jetzt besprechen?« fragte er. »Felices Testament ist mir wirklich gleichgültig.«

»Ich habe Sie nicht wegen des Testaments hergebeten. Dazu wäre zu sagen, daß dieses Testament kaum noch von Belang ist.«

Trevin zog sein Taschentuch heraus und schneuzte sich die Nase. Jede Bewegung war sorgsam überlegt.

»Sie meinen doch nicht… die voreheliche Vereinbarung?«

»Nein«, sagte Wickerman. »Diese Vereinbarung hat keine Auswirkungen auf das Testament Ihrer Frau. Auswirkungen hat dies hier.«

Er reichte Trevin zwei zusammengeheftete Bögen. Der erste war die Kopie eines Briefes an den Anwalt, geschrieben vom Chef einer Buchprüfungsfirma. Der zweite Bogen war voller Zahlen. Trevin vermutete, daß es sich um eine Felices Vermögen betreffende Aufstellung handelte. Was er nicht verstand, waren die vielen Minuszeichen.

»Was bedeutet das?« fragte er.

»Um es einfach auszudrücken: Felice hat so gut wie gar nichts hinterlassen. Einigen Immobilienbesitz, aber ich bin sicher, daß der verkauft werden muß, damit mit dem Erlös ihre Schulden beglichen werden können.«

»Das verstehe ich überhaupt nicht, Mr. Wickerman.«

»Schlechte Investitionen sind nie zu verstehen, Mr. Kenner. Undurchsichtige Transaktionen in Millionenhöhe sind nicht zu verstehen. Schlechter Rat ist nicht zu verstehen. Ihre Frau hat sich davon offensichtlich jede Menge geben lassen.«

Trevin konnte sich später nicht mehr genau daran erinnern, wie er aus dem Gebäude wieder herausgekommen war. Er erinnerte sich nur vage daran, daß er ein Taxi zum Bahnhof genommen hatte. Daß er das große Glück gehabt hatte, beim richtigen Bahnhof gelandet zu sein und auf dem Parkplatz den Lexus wiedergefunden zu haben.

An der Ampel widerstand er dem Impuls, nach links abzubiegen. Statt dessen schlug er die Richtung ein, in der Daria wohnte.

Als er in die stille Straße einbog, sah er den Kombi vor dem Haus der Newhalls stehen. Die Heckklappe war offen, und Daria lud Gepäckstücke ein. Hinten im Wagen war schon so viel verstaut, daß nichts mehr hineinzupassen schien, aber sie schaffte es trotzdem. Als Sam Newhall aus der Haustür trat, hatte er noch mehr Gepäck dabei.

»Keine Sorge! Keine Sorge!« lachte er. »Ich stelle die Sachen auf den Rücksitz.«

»Der Rücksitz ist doch auch schon voll«, sagte Daria fröhlich. Dann bemerkte sie Trevin, obwohl dieser ganz geräuschlos aus seinem Auto gestiegen war. Sein Anblick lähmte sie und Sam, aber nur für den Bruchteil einer Sekunde. Dann sagte Daria: »Hallo, Trevin. Wie nett von dir, daß du kommst, um uns eine gute Reise zu wünschen.«

»Wollen in den Süden«, sagte Sam Newhall. »Mexiko, Südamerika, vielleicht auch Hawaii. Irgendwohin, wo's warm ist.«

Trotz des ganzen Gepäcks und trotz der Entfernung zum Kombi konnte Trevin die rote Farbe an der Unterkante der Heckklappe sehen.

»Es soll einen schrecklich kalten Winter geben«, sagte Daria.

In günstiger Position

Mit Vogels Hund hatte alles angefangen.

Niemand, nicht einmal Scott Vogel selbst, wußte, daß sein traurig dreinblickender Beagle für die Katastrophe verantwortlich war, zu der es nur einen Monat, nachdem Mark Spearman draußen in ihrem Vorstadthaus zum Abendessen gewesen war, kommen sollte. Der Hund hatte Mark augenblicklich liebgewonnen, wahrscheinlich, weil dieser ihm unter dem Vogelschen Tisch ein knorpeliges Stück Steak zugeschoben hatte. Als die Vogels und ihr Gast auf der Veranda ihren Brandy tranken – Vogel brannte darauf, Mark die ländlich-idyllische Aussicht vorzuführen –, ließ sich der Hund zu Marks Füßen nieder und wandte während des ganzen Abends den trauervollen Blick nicht mehr von dessen Gesicht.

»Sie heißt Pearl«, sagte Vogel. »Ich nenne sie immer geplagte Pearl, aber Martha mag das gar nicht.« Er grinste seine Frau an, ein schmerzlich dürres Wesen, das selten sprach – wahrscheinlich, weil ihr Mann ohne Punkt und Komma redete.

Vogel war eher schmächtig, hatte aber einen übergroßen Kopf, dem er gerne den Vorzug zusprach, ein übergroßes Hirn zu beherbergen. Dieses Recht auf Prahlerei stand ihm zu. Er war der höchstbezahlte Autor und Redakteur der Illustrierten *SCAN* und durch eine Serie skandalträchtiger Artikel über die Reichen und Infamen – in den meisten Fällen war es um schwere Verbrechen gegangen – zu seinem Ruf gelangt. Die Storys befriedigten das tiefe Verlangen der *SCAN*-Leser nach Bestätigung ihres Verdachts, daß die oberen Schichten der Gesellschaft durch und durch verdorben waren. Natürlich war Mord das Lieblingsthema, vor allem wenn es sich um ein durch sexuelle Eifersucht motiviertes Tötungsdelikt handelte. Vogel enttäuschte seine Leser nur selten, wenn er auch manchmal im Interesse der Dramatik mit den Tatsachen Schindluder trieb.

Mark war ein Bewunderer Vogels gewesen, bevor er als »Assistenzredakteur« bei *SCAN* angeheuert hatte – ein Titel, der besagte, daß er vor allem als Vogels Laufbursche, Korrekturleser, Faktenprüfer und Resonanzboden tätig war. Er hatte erst vor zwei Jahren sein Journalismusstudium ohne ernsthafte Ideale abgeschlossen, um sich dann in die wirkliche Welt der Publizistik zu stürzen. Und was war wirklichkeitsnäher als der offene Zynismus von *SCAN*?

Mark hatte gehofft, daß ihm die Arbeit für Scott Vogel den Weg zum journalistischen Erfolg ebnen würde, aber nach elf Monaten hatte er noch immer kein einziges eigenes Wort veröffentlicht. Und weder Scott Vogels hartnäckiges Recherchieren noch sein Geschick im Umgang mit Wörtern hätten seine wenig einnehmende Großspurigkeit wettmachen können.

Mark hatte sich keineswegs geschmeichelt gefühlt, als Vogel ihn zum Abendessen eingeladen hatte. Vogel lud alle Mitarbeiter der Redaktion ein, zu ihm rauszukommen und ihn um sein Vorstadthaus zu beneiden, das ihm sein Erfolg eingetragen hatte. Als Martha schließlich zu gähnen anfing, war Mark nur allzu glücklich, denn nun konnte er ohne weiteres aufbrechen und in seine Atelierwohnung im West Village zurückkehren.

Es war ungefähr einen Monat später, als ihm der Hund wieder einfiel.

Er hatte schwierige vier Wochen hinter sich. Vogel war, was vorkam, nicht allzugut aufgelegt, gereizt, überaktiv und unzugänglich. Ganz offensichtlich arbeitete er an einer Story, war aber noch nicht so weit, sie zur Überarbeitung an seinen Assistenten weiterzugeben. Vormittags war er unterwegs und nachmittags saß er vor seinem Computer. Er hatte seine gesamten übrigen Verpflichtungen an Mark delegiert, und sie waren umfangreich genug, um diesen fast täglich bis spätabends beschäftigt zu halten. Camilla hatte dafür keinerlei Verständnis – Camilla war das Mädchen, mit dem Mark inoffiziell verlobt war.

An dem Abend, an dem Mark der Hund wieder in den Sinn kam, arbeitete er gerade eine Rede aus, die Scott Vogel anläßlich einer Preisverleihung halten mußte. Vogel schrieb höchst ungern Reden, nahm aber gern Preise entgegen. Als Mark zum Schluß der Rede kam, fiel ihm ein, daß Vogel ihn gebeten hatte, einen Hinweis auf den Preis des *Magazine Institute*, der ihm im vergangenen Jahr verliehen worden war, einzubauen. Wie aber hatte dieser Preis ausgesehen?

Er ging in Vogels Büro, um nach einer Plakette, Urkunde, Statuette oder sonst einer physischen Erscheinungsform des Preises zu suchen. An den Wänden und in den Bücherregalen gab es alles mögliche, aber auf nichts paßte die Beschreibung.

Mark hatte die Sucherei satt und ließ sich erschöpft in Vogels gepolsterten, lederbezogenen Chefsessel sinken. Er blickte direkt auf den Monitor von Vogels Computer und drückte, ohne sich viel dabei zu denken, auf die Power-Taste. Wer weiß? Vielleicht gab es ja eine mit »Preise« betitelte Datei?

Aber auf dem Bildschirm wurde nur ein Symbol sichtbar, und es bedeutete ›Laufendes‹.

Mark zögerte nur ein paar Sekunden und rief dann die Datei auf. Er kam sich keineswegs wie ein Eindringling vor. Früher oder später würde Vogel das ›Laufende‹ sowieso mit ihm teilen. Vogel würde nur zu begierig sein, ihn über das Neueste, dem wahren Leben Abgerungene zu informieren, schon weil er nach der Anerkennung hungerte, die Mark ihm, wie er wohl wußte, bekunden würde.

Auf dem Bildschirm erschien ein Dialogfenster mit der Aufforderung: *Bitte Paßwort eingeben.*

Die Datei war also verschlossen. Privat. Vertraulich.

Okay, dachte Mark, das war nichts Ungewöhnliches. Ein ganz normaler Schutz vor Neugier. Schließlich handelte es sich ja um eine noch nicht abgeschlossene Arbeit.

Bitte Paßwort eingeben.

Mark fühlte sich ein wenig berauscht. Er hatte einen Arbeitstag von vierzehn Stunden hinter sich, dabei die Mittagsmahlzeit ausgelassen und noch nichts zu Abend gegessen. Er lächelte und gab die Worte ein: *Geplagte Pearl.*

Als Mark sah, wie sich der Bildschirm einer Blüte gleich öffnete und die Wörter über den großen Monitor hinabrieselten, entfuhr ihm ein kleiner Laut der Überraschung.

Jetzt mußte er sich entscheiden. Moral? Ethik? Er wußte

nicht, welcher der Begriffe zutraf, kam dann aber zu dem Schluß, daß beide nicht paßten. Es ging doch bloß um eine Story, eine, die er selber schon bald bearbeiten mußte – fehlende Fakten ergänzen, Zahlen, Namen und Orte überprüfen –, bevor sie in SCAN veröffentlicht wurde.

Er fing an zu lesen.

Arbeitstitel: *Väter, Töchter, Tod.*
Der Yuppie-Henker.
Der Sturz der Debütantin.

Palmer Smith nahm unter den Studenten, die gerade ihr Studium an der Wharton School of Business beendet hatten, keine besonders herausragende Stellung ein.
Nicht ganz so groß und nicht ganz so gut wie der Durchschnitt, ging er zum Podium, um sein Diplom unter kaum mehr als höflichem, weit verstreut gespendetem Beifall entgegenzunehmen. Allein seine Schwester Jane war Zeugin dieses bedeutsamen Augenblicks, aber ihre Aufmerksamkeit wurde durch die vielen unangenehmen Aufgaben, die sie zu Hause in Oakland, California, erwarteten, stark beeinträchtigt. Sie hatte die lange Reise gemacht, denn sie war, da die Mutter in Italien lebte und die ältere Schwester gerade in New Jersey eine Entziehungskur für Alkoholiker machte, das einzige an Familie, was Palmer zur Verfügung stand.
(Anm.: Mehr Hintergrundmaterial zu frühem Familienleben erforderlich.)
Jane Smith hatte ihren Bruder sehr gern. Er war früher schon ein liebenswerter junger Mann gewesen, auf engel-

hafte Weise schön, mit glattem, blondem Haar, das ihm immer wieder in die Stirn fiel, sooft er es auch zurückstrich. Jetzt war sein Haar etwas dunkler und sein Gesicht etwas schmaler, aber immer noch hübsch. Und an seiner Wesensart hatte sich nichts geändert: Er war nach wie vor ruhig, vertrauensvoll und entgegenkommend. Als sie die Arme um die lange schwarze Robe schlang, in die er gehüllt war, und ihm leise gratulierte und alles Gute für die Zukunft wünschte, konnte sie nicht ahnen, daß in weniger als drei Jahren zu dieser Zukunft auch ein Doppelmord gehören würde.

Palmer brauchte länger als erwartet, bis er endlich seinen ersten Job gefunden hatte. In jenem Rezessionsjahr erwies sich sein schwer errungener Master of Business Administration, dieses schöne MBA hinter seinem Namen, nicht als der goldene Schlüssel, der ihm alle Türen zu den entsprechenden Positionen in der Wirtschaft öffnete. Sein finanzielles Polster, für das seine Mutter, die mit den Kindern ihres verstorbenen Mannes nicht viel zu tun haben wollte, widerwillig gesorgt hatte, war schon auf ein paar tausend Dollar zusammengeschrumpft. In seiner Verzweiflung nahm er schließlich den Job eines Tiefgaragenaufsehers an.

(Anm.: Aussagen von Garagenbesitzer und Parkhauspersonal einholen.)

Palmer lernte also Maeve Jones in einer in der Upper East Side von Manhattan gelegenen Tiefgarage kennen. Er kannte allerdings das Auto schon vor dessen Fahrerin, ein blaumetallicfarbener Porsche Cabrio, der in der Garage schon fast zu einem Objekt der Verehrung geworden war.

Dann entdeckte Palmer aber, daß Maeve nicht weniger schön war als der Porsche.
Maeve Jones war die Tochter von Hildebrand Brown, deren Mann bei einem Flugzeugabsturz ums Leben gekommen war. Das Flugzeug war sein eigenes gewesen, eine von drei Cessnas, die zum Inventar seiner Firma gehörten. Maeve war damals sechzehn Jahre alt gewesen.
Sie war achtzehn, als sich ihre Mutter wieder verheiratete – mit einem Mann, der zwar so wohlhabend wie sie, aber zehn Jahre jünger war. Er hieß Montgomery Green und war der Green von Wilson, Thomas & Green, einer Firma in der Wall Street.
Geld heiratet eben Geld.
Monty Green hatte seiner Stieftochter den Porsche zu ihrem neunzehnten Geburtstag geschenkt, aber sie zog es vor, den Wagen nicht mit nach Vassar zu nehmen, wo sie im ersten Jahr studierte. Erst im Sommer, als ihr lang herabfallendes blondes Haar am hellsten im Sonnenlicht leuchtete, schlenderte sie ins Parkhaus und verlangte nach ihrem Auto.
Palmers ungläubiger Blick brachte sie zum Lachen.
Wie sich herausstellte, war die Batterie des Porsche, weil lange nicht benutzt, leer, weshalb Palmer einige Zeit mit Hildebrand Browns schöner Tochter zubringen mußte. Als er den Motor des Porsche endlich mit Hilfe eines Starterkabels und einer plebejischen Limousine aus heimischer Produktion in Gang gebracht hatte, sagte er, er hoffe, der Porsche sei nun nicht beleidigt. Maeve lachte wieder und stellte fest, daß der junge Angestellte gut aussah.

Nach zwei oder drei weiteren Fahrten wußte sie auch, daß Palmer ein enttäuschter MBA war, und sie erbot sich, mal mit ihrem Stiefvater über einen Job zu reden. Palmer nahm sie nicht ernst, offensichtlich aber Monty Green. Zwei Wochen später wurde Palmer zu einem Vorstellungsgespräch eingeladen und vom Personalchef von Wilson, Thomas & Green als Wertpapieranalyst eingestellt.

(Anm.: Hintergrundmaterial über Firma beschaffen – Zahl der Angestellten, Kunden, Art der betreuten Anlagen.)

Palmer machte zwar in der Firma keine steile Karriere, dafür aber bei Maeve erstaunliche Fortschritte. Als ob sie gewußt hätte, daß er niemals den ersten Schritt tun würde, lud sie ihn eines Tages zu einer Party im Stadthaus der Familie an der East 64th Street ein. Die Partygäste waren unbeaufsichtigt, da sich Maeves Mutter und Stiefvater in Paris aufhielten.

Es waren nur wenige junge Leute da, die überraschend früh wieder gingen, so daß Palmer mit der Gastgeberin allein blieb. Noch überraschender war, daß sich Maeve eine Flasche Dom Perignon schnappte und Palmer nach oben in ihr Schlafzimmer führte, um ihm ihr Haustier, einen echten Pandabären, zu zeigen. Im Schlafzimmer angekommen, zog sie ihn zum Bett, wo ein großer, ausgestopfter Panda an den Kissen lehnte. »O mein Gott!« schrie sie mit gespieltem Entsetzen. »Er ist tot!« Sie nahm den Panda auf und ließ ihn ohne Umstände auf den Teppich plumpsen. Dann zog sie Palmer auf die Tagesdecke hinab.

Es läßt sich wohl sagen, daß der plötzliche Beginn dieser Affäre Palmer verwirrte. Er war zwar nicht ganz unerfahren, aber noch keines der Mädchen in seinem Leben hatte sich, was Aussehen, Reichtum und soziale Stellung betraf, mit Maeve messen können. Die Tatsache, daß sie die Tochter des Chefs war, bereitete ihm durchaus Sorgen, versetzte ihn aber auch in Hochstimmung. Er war sich über die Folgen nicht im klaren, das heißt, er wußte nicht, ob das Verhältnis seiner Karriere nützen oder schaden würde. Er wußte auch nicht, ob er nur ein Zeitvertreib, eine Laune, ein vorübergehender Ersatz für den toten, ausgestopften Panda war. Selbst nachdem er die folgenden elf Nächte mit Maeve verbracht und das Haus erst wieder geräumt hatte, als ihre Eltern aus Paris zurückgekehrt waren, war sich Palmer nicht sicher, ob er Maeve je wiedersehen würde – und das, wo sein Verlangen nach ihr inzwischen an Besessenheit grenzte.
In den nächsten zwei Wochen hörte er nichts von ihr, und das Herz wurde ihm schwer, wenn er auf den Kalender sah. Es war September, und Maeve würde schon bald aufs College zurückkehren. Jetzt zweifelte er nicht mehr daran, daß er sie nie wiedersehen würde.
Palmer irrte sich jedoch. Eines Abends, als er in seiner winzigen Wohnung saß und im Fernsehen gerade eine Komödie lief, klingelte es. Er erschrak, als er Maeve vor der Tür stehen sah, Tränen in den Augen. Sie hatte ihm drei erstaunliche Mitteilungen zu machen: Sie werde nicht nach Vassar zurückkehren. Sie liebe ihn. Sie sei schwanger.
Palmer war von allen drei Nachrichten tief erschüttert,

aber jede einzelne von ihnen hätte bereits genügt, ihn erklären zu lassen, daß er sie heiraten wolle. Er wisse, setzte er hinzu, daß dies ein ungeheuerliches Ansinnen sei. Er wisse, daß er ihrer nicht würdig sei. Er wisse, daß ihre Eltern in ihm nur einen Mitgiftjäger und Intriganten sähen und ihm die Tür ihres Stadthauses vor der Nase zuschlagen würden. Aber er frage sie trotzdem – und Maeve Green sagte ja.

Die Begegnung mit Hildebrand und ihrem Mann war nicht das, was er erwartet hatte. Natürlich hatte Maeve die beiden vorbereitet, ihnen aber den entscheidenden physischen Tatbestand nicht mitgeteilt. Sie führte Palmer in die lähmende Eleganz des Greenschen Wohnzimmers, saß, seine Hand in der ihren, auf dem zu hart gepolsterten Sofa und erklärte den Eltern, daß sie nicht die Absicht habe, aufs College zurückzugehen, wohl aber die, Palmer zu heiraten. Sie erbat sich ihre Liebe, ihr Verständnis und ihren Segen. Die Schlichtheit ihrer Bitte brachte Monty Green zum Lächeln. Er war ein großer, muskulöser Mann von unbeschwertem Wesen, und Maeve war ja nicht seine natürliche Tochter. Hildebrands Reaktion war weitaus emotionaler. Sie brach in Tränen aus und lief in einen anderen Teil der Wohnung davon. Später erfuhr Palmer, daß es die Küche gewesen war. Maeve folgte der Mutter, und obwohl Palmer nicht sicher war, worüber sich die beiden unterhielten, vermutete er, daß das Hauptthema des Gesprächs Maeves interessanter Zustand war.

Palmer und Maeve wurden am zehnten September in der St.-Vincent-Kirche getraut, und Jane Smith vertrat als einzige die Familie des Bräutigams.

(Anm.: Einzelheiten zur Hochzeit, Gästeliste, Zeitungsberichte usw. beschaffen!)

Palmer Smith mochte sich zwar an diesem zehnten September als den glücklichsten Menschen auf Erden betrachtet haben, aber der Höhepunkt des Glücks war noch keineswegs erreicht. Das geschah erst am zwanzigsten April, als nämlich – ein wenig zu früh – Allison Smith das Licht der Welt erblickte und ein für allemal den Spitznamen Daisy erhielt, als sie mit ihren winzigen Händchen ein Gänseblümchen aus einem Strauß in Maeves Krankenhauszimmer zog.

Natürlich ist Glück ein relativer Zustand, und selbst Palmer hätte nie behaupten wollen, daß sein eheliches Leben in jeder Hinsicht nur idyllisch war.

Er arbeitete auch weiterhin bei Wilson, Thomas & Green, aber der inoffizielle Titel »Schwiegersohn« bereitete ihm Unbehagen.

(Anm.: Brauche Interviews mit Kollegen und Kolleginnen.)

Palmer hatte nichts dagegen einzuwenden gehabt, als seine Braut ihn gefragt hatte, ob sie ihren Familiennamen beibehalten könne. Er war ein Kind seiner Zeit und brachte für die Empfindlichkeiten der modernen Frauen Verständnis auf.

Er protestierte auch nicht, als seine Schwiegereltern ihnen eine Wohnung an der Park Avenue kauften, und er ließ sie von demselben zittrigen alten Mann einrichten, der schon das Stadthaus der Familie gestaltet hatte.

Er lernte es, Maeves Stimmungen – lange Phasen des Schweigens, die Hildebrand der Schwangerschaft zuschrieb – geduldig zu ertragen. Hildebrand schien entschlossen, für Palmer nicht zu einem Schwiegermutterwitz zu werden, und sie freundeten sich tatsächlich an. Palmer genoß ihr mütterliches Mitgefühl, wovon ihm ja seine eigene Mutter nicht gerade viel hatte zuteil werden lassen. Er entdeckte an Hildebrand eine Traurigkeit, die offenbar außer ihm noch niemand bemerkt hatte. Und sie entdeckte an Palmer eine Unschuld, die sie rührte und aus irgendeinem Grund auch ängstigte.

Sie hatte allen Grund, sich zu fürchten, wurde Palmer doch zum idealen Beispiel dafür, daß auch Heilige zur Todsünde getrieben werden können.

(Anm.: Nachsehen, ob es dementsprechende Bibelstellen gibt.)

Was immer jedoch dem neuen Leben fehlen mochte, Daisy Brown – der Name ging ebenfalls auf Maeves Konto – entschädigte für alle Unzulänglichkeiten.

Palmer hatte nie einen Gedanken an die Vaterschaft verschwendet, hatte sich nie vorzustellen versucht, wie er auf ein Kind in seinem Leben reagieren würde. Er war stets davon ausgegangen, daß die Mütter die elterliche Hälfte waren, die beim bloßen Anblick eines kleinen Lieblings schier aus dem Häuschen gerieten. Aber was für zynische Ansichten er auch vor der Ankunft Daisys vertreten haben mochte, sie waren von dem Tage an, an dem sein kleines Mädchen nach Hause kam, wie weggeblasen.

Es war ein Fall von Anbetung auf den ersten Blick.

Im Gegensatz dazu verhielt sich Maeve dem Baby gegenüber oftmals gleichgültig, zumindest den häuslichen Pflichten gegenüber, die Daisy ihr auferlegte. Sie überließ diese nur allzu gern dem Kindermädchen, das ihre Mutter eingestellt hatte und dessen Anwesenheit Palmer gar nicht recht war. Es belustigte Maeve, daß Palmer immer wieder darauf bestand, das Baby selbst zu füttern, zu baden und ihm sogar die Windeln zu wechseln.

Daisy veränderte auch ihr gesellschaftliches Leben. Palmer war der Meinung, daß sie mehr zu Hause sein sollten, jedenfalls bis das Baby älter wäre, weshalb es sich Maeve zur Angewohnheit machte, ohne ihren Mann ins Theater, zu Partys oder auf zweitägige Kurzreisen zu gehen. Ohne ihren Mann, den Babysitter, wie sie ihn manchmal scherzhaft nannte.

Dann kam *das* Wochenende.

(Anm.: Zu den möglichen Titeln nehmen.)

Zunächst ereignete sich an jenem Wochenende nichts Ungewöhnliches. Palmer freute sich wie stets auf die zwei Tage mit Daisy und war keineswegs traurig, als Maeve verkündete, daß sie mit der Familienjacht nach Nantucket segeln und über Nacht fortbleiben wolle. Es war nicht das erste Mal, daß sie eingeladen worden waren – und es war auch nicht das erste Mal, daß Palmer die Einladung ablehnte. Maeve packte also am Freitagabend ihre Reisetasche und war schon fort, als Palmer am Samstagmorgen aufwachte. Aufwachte und in das Kinderzimmer ging, um nach seinem angebeteten Töchterchen zu sehen. Irgend etwas an Daisy war an diesem Morgen anders. Sie war seltsam still und ruderte bei seinem Anblick nicht mit ihren Ärmchen und Beinchen in der Luft herum. Sie fühlte sich heiß an.

Palmer war beunruhigt und rief die Kinderschwester, die

bestätigte, daß Daisy Fieber hatte. Sie verlor keine Zeit und rief den Kinderarzt an, dessen Gebührensatz hoch genug war, um auch Hausbesuche abzudecken. Er hieß Dr. Burroughs und war in wenigen Minuten da. Er wollte sich noch nicht abschließend äußern, hatte aber den Verdacht, daß es die Röteln sein könnten.

Palmer kam mit Krankheiten nicht gut zurecht. Er selbst war in seinem ganzen bisherigen Leben niemals ernsthaft krank gewesen, hatte sich auch nie um einen Kranken kümmern müssen. Deshalb verspürte er jetzt so etwas wie Panik und den starken Wunsch, Maeve möge da sein. Es war kaum zehn Uhr, und es bestand die Möglichkeit, daß die Jacht noch gar nicht die Anker gelichtet hatte. Vielleicht war noch Zeit, Maeve nach Hause zurückzuholen, damit sie die Belastung und die Sorge mit ihm teilte.

Palmer erreichte den Jachthafen um zwanzig nach zehn. Er sprang aus dem Taxi, bat den Fahrer zu warten und seufzte erleichtert auf, als er Conner erblickte, den ältesten der drei ständigen Besatzungsmitglieder. Er saß auf dem Pier und starrte auf das dunstige Wasser hinaus. Palmer war überrascht, als er sah, daß Conner eine Halbliterflasche Whisky in der Hand hatte, und schockiert, als der Seemann ihm mitteilte, daß die Jacht bereits ausgelaufen sei.

»Aber wieso sind Sie nicht an Bord?« fragte Palmer.

»Weil sie mich runtergejagt haben«, knurrte Conner. »Fanden das kleine Fläschchen hier bei meinen Sachen und sagten, ich soll machen, daß ich an Land komme. Als ob sie nicht selber ganz schön einen bechern, die beiden!«

Voller Trotz zog er den Korken aus der Flasche und nahm einen ordentlichen Schluck. Nach seiner Fahne zu urteilen, war das nicht der erste an diesem Morgen, da war sich Palmer sicher.

Dann fiel ihm plötzlich das Eigentümliche an der Aussage des Seemanns auf.

»Welche beiden?« fragte er.

»Na, die beiden einzigen, die an Bord sind«, antwortete Conner. »Mr. Brown und seine Kleine. Wie immer.«

»Aber Mrs. Brown ist doch auch auf der Jacht«, sagte Palmer. »Sie wollte mit nach Nantucket segeln.«

»Die alte Dame ist nicht seefest, der wird ja schon schlecht, wenn das Schiff noch im Hafen liegt. Sie nimmt immer den Flieger, trifft sich mit ihnen in Nantucket. Ist nett für die beiden«, sagte Conner und grinste Palmer boshaft an. »Niemand, der sie an ihrem Schweinkram hindert.«

»Was sagen Sie da?«

»Das ist doch der wahre Grund, warum er mich gefeuert hat, der Scheißkerl. Er hat Angst, daß ich weiß, was sie da machen. Hol's der Geier, wir haben's doch alle gewußt! Seit dem Bermuda-Trip. Die ganze Crew hat er aber nicht gefeuert.«

In Palmers Kopf drehte sich alles. Er war nicht bereit, die Bedeutung dessen, was der betrunkene Matrose gesagt hatte, zu akzeptieren, wollte die unwahrscheinliche, nein, die unmögliche Anschuldigung, die dieser gegen seine Frau erhoben hatte, nicht glauben. Er dachte daran, Conner mit einem Akt physischer Gewalt zu antworten, mit einer Geste der Vergeltung und der Solidarität mit Maeve, aber er hatte noch nie in seinem Leben einen Mann geschlagen. Er drehte sich um und hastete zu dem wartenden Taxi zurück.

Er war schon halb zu Hause, als ihm wieder einfiel, was Maeve am Vorabend gesagt hatte: ›Bist du sicher, daß du nicht doch mitsegeln willst? Mutter wird wahnsinnig enttäuscht sein. Du weißt doch, wie sehr sie deine Gesellschaft schätzt, Palmer, du bist nun mal ihr besonderer Liebling...‹

Warum hatte Maeve das gesagt? Wo sie doch wußte, daß ihre Mutter gar nicht an Bord sein würde?

Am Nachmittag ließ Daisys Fieber nach, wohingegen Palmers Temperatur den ganzen Tag über ständig gestiegen war. Der Verdacht war in seinen Schädel gekommen wie ein Kamel, das seinen Kopf zum Zelt hereinstreckt. Er fing an, sich an Kleinigkeiten zu erinnern, an bestimmte Verhaltensweisen seiner Frau, an Einzelheiten scheinbar unbedeutender Vorkommnisse. Telefonanrufe, die Maeve nur entgegengenommen hatte, wenn sie allein im Zimmer gewesen war. Einladungen zum Tee von Freundinnen, die er nie kennengelernt hatte. Und an einen Eindruck, ein Bild, das nie feste Konturen angenommen hatte – an die Art und Weise, wie Maeves Stiefvater sie immer mit einem Kuß begrüßt, wie er seinen Arm um ihre Taille gelegt hatte...

Die eifersüchtige Verdächtigung kann eine heimtückische Krankheit sein, und Palmer war böse infiziert. Er mußte es wissen, mußte die Wahrheit erfahren! Dieses Ziel konnte er nur erreichen, wenn er so tat, als hätte er keine Ahnung von den schrecklichen Möglichkeiten. Erst dann konnte er in seine nächste Rolle schlüpfen, in die des Privatdetektivs.

Am Mittwoch jener Woche – Daisy war auf wunderbare Weise wieder gesund und glücklich und gluckste vor sich hin – gab Maeve beim Frühstück bekannt, daß sie zu einem Treffen ehemaliger Kommilitoninnen nach Boston fahre und erst am Nachmittag des darauffolgenden Tages zurück sein werde. Palmer verzog keine Miene und wünschte ihr eine gute Reise.

Er rief von seinem Büro aus bei den Browns an und sprach mit Hildebrand. Sie war wie immer hocherfreut, von ihm zu hören. Sie lud ihn zum Abendessen ins Stadthaus ein, fügte aber hinzu, daß er mit ihrer Gesellschaft vorliebnehmen müsse, da Monty auf Geschäftsreise sei. Wohin, das wußte sie nicht. Sie fragte ihn nie danach.

Für Palmer war es nicht schwer, das herauszufinden. Er verstand sich gut mit den beiden Privatsekretärinnen seines Arbeitgebers, Kathy und Tammi – Tammi hatte den Flug gebucht. Nach Boston.

Am Abend, etwa zur Essenszeit, rief er im Ritz-Carlton an und erfuhr, daß Mr. Green nicht in seinem Zimmer sei. Palmer fragte, ob er mit Mr. Greens Tochter sprechen könne. Daraufhin kam es am anderen Ende der Leitung zu einer kurzen Konfusion, und dann teilte ihm eine andere Stimme mit, daß Mr. Green und seine Tochter zum Essen ausgegangen seien. Ob er eine Nachricht hinterlassen wolle? Palmer sagte, er würde es später noch einmal versuchen, und legte ganz ruhig auf.

Palmer konnte nicht mehr klar sehen. Es war erstaunlich, daß er nicht gegen die Wände rannte, als er durchs Haus und in Daisys Kinderzimmer im Obergeschoß stürmte. Das Baby schlief natürlich schon, und es wimmerte leise, als er es aus seinem Bettchen hob, sich auf einen Stuhl setzte und es auf den Schoß nahm. Er stimmte eine Art leisen Gesang an, der Daisy zu gefallen schien, denn sie schlief schon bald wieder ein.

Er versuchte nicht, Ordnung in seine Gedanken zu bringen. Wenn überhaupt, dann versuchte er alles zu löschen, was in seinem Kopf war. Plötzlich blitzte jedoch ein Wort durch die Dunkelheit, die herzustellen er sich bemühte. Bermuda.

Er legte das Baby in sein Bettchen zurück und rief seine Schwiegermutter an.

»Bermuda? Hm, warte mal. Das war doch im vergangenen Sommer... Ende Juni oder Anfang Juli. Ich bin damals nicht mitgefahren, weißt du, sondern in letzter Minute abgesprungen. Aber ich dachte mir, es sei für Monty und Maeve eine ganz gute Gelegenheit, sich näher kennenzulernen.«

»Ja«, sagte Palmer.

Er legte auf und ging wieder ins Kinderzimmer. Er sah auf das schlafende Kind hinab, das ihm mehr bedeutete als alles andere auf der Welt, und jetzt war ihm die einfache Abfolge der Ereignisse klar.

Am nächsten Tag ging er in der Mittagspause in ein Waffengeschäft und ließ sich von einem Verkäufer eingehend über Jagdgewehre beraten. Sein Schwiegervater sei Jäger, sagte er (und damit die Wahrheit), und habe demnächst Geburtstag. Als der Verkäufer erfuhr, daß Vögel das bevorzugte Ziel des Schwiegervaters seien, verkaufte er Palmer eine hübsche doppelläufige Schrotflinte mitsamt Kasten und Patronen. Palmer wollte nur die Mindestmenge haben.

(Anm.: Brauche Genaueres dazu, was Palmer den restlichen Nachmittag getrieben hat.)

Als sie das nächste Mal zum Abendessen ins Stadthaus der Familie eingeladen wurden, lud Palmer sorgfältig die Flinte, steckte sie vorsichtig in den schmucken Kasten und wickelte diesen dann in Geschenkpapier ein.

(Anm.: Brauche genauere Angaben zu dem Essen, was serviert wurde usw.)

Nach dem Abendessen nahmen sie alle im Arbeitszimmer einen Drink, und Palmer sagte seinem Schwiegervater, daß er ihm ein etwas verfrühtes Geburtstagsgeschenk mitgebracht habe. Er wickelte den Kasten aus und holte die Schrotflinte heraus. Bevor Monty Green noch seiner Freude und Dankbarkeit Ausdruck verleihen konnte, schoß ihm Palmer Smith in die Brust und feuerte dann die zweite Patrone auf seine Frau Maeve ab. Beide waren sofort tot.

(Anm.: Einen abschließenden Absatz anfügen oder es bei der sachlichen Darstellung belassen?)

Mark schaltete den Computer ab und lehnte sich in dem gepolsterten Ledersessel zurück.

Das war bester Vogel, keine Frage. Die Story hatte alles, was erforderlich war. Sie war eine moderne Schauergeschichte, ein Horrortrip, ein moralisches Lehrstück, ein Sexskandal – kurz, sie zeichnete sich durch all die Qualitäten aus, die Vogels Leser von ihm erwarteten.

Natürlich waren die Namen geändert worden. Wenn er eine Story schrieb, benutzte Vogel nur selten die richtigen Familiennamen. Die Leuten hießen bei ihm immer Smith, Jones oder Brown. Mark fragte sich jedoch, ob in diesem Fall die Anonymität wirklich erforderlich war. Eine so sensationelle Mordgeschichte war doch wohl inzwischen allgemein bekannt. Natürlich nicht, wenn die Polizei die Fakten noch als vertraulich zurückhielt. Ja, das mußte der Grund sein, folgerte Mark. Jemand weiter oben mußte Scott Vogel die Geschichte zugespielt haben. Eine Story als erster zu bringen, das war bei diesem Geschäft alles.

Als Mark schließlich seine Wohnung im West Village erreicht hatte und mit gefurchter Stirn auf das blinkende Lämpchen des Anrufbeantworters hinabsah (sicher war das Camilla, und eine schlechtgelaunte noch dazu), zweifelte er an seiner Theorie. Warum sollte die Polizei einen Doppelmord geheimhalten? Die Opfer gehörten offenbar einer prominenten Familie an. In Vogels Story war ja auch von der Wall Street, von Privatflugzeugen, Segeljachten und Stadthäusern die Rede. Aber warum war die Sache noch nicht in die Schlagzeilen geraten? Gab es für diesen Mangel an Publizität irgendeinen Grund?

Mark war es leid, sich weiter den Kopf über diese Frage zu zerbrechen, und drückte den Wiedergabeknopf des Anrufbeantworters. Camillas Stimme sagte: »Wenn du nicht vor Mitternacht zurückrufst, Freundchen, dann wird dir das sehr, sehr leid tun.«

Mark schaute auf die Uhr. Es war fünf nach halb eins.

Am nächsten Morgen rief er Camilla an, aber niemand meldete sich. Camilla verabscheute Anrufbeantworter.

Mark beschloß, nicht ins Büro, sondern auf direktem Weg ins Archiv der *Times* zu gehen. Er suchte sich dort einen freien Computer und gab eine Reihe von Schlüsselwörtern ein.

Palmer, Maeve, Hildebrand, Monty, Doppelmord, Schrotflintenmord... Die Geschichten, die sie aufriefen, waren eindeutig andere als die, die ihn interessierte.

Nach einstündiger Suche wußte er, daß seine Bemühungen vergeblich waren. Vogels Yuppie-Killer und seine Oberklassenopfer waren nach wie vor anonym.

In der Mittagspause ging er in das Kaufhaus hinüber, in dem Camilla an einem der Kosmetikstände Frauen neue Make-ups verpaßte. Sie hatte gerade eine Kundin und gab Mark die Gelegenheit, sich zu rechtfertigen. Die Frau, die Camilla in der Mache hatte, kicherte und meinte: »Ach, seien Sie doch nicht töricht. So viele attraktive Burschen laufen nun auch wieder nicht herum.« Camilla erklärte sich bereit, mit ihm zum Mittagessen zu gehen.

Er war froh darüber – besonders, als ihm wieder einfiel, daß Camillas Bruder ja Business Administration studiert hatte.

»Wo hat Leon eigentlich seinen MBA gemacht? Hast du nicht mal gesagt, daß es Wharton war?« fragte er.

»Ja«, antwortete sie. »Er ist vor drei Jahren fertig geworden.«

»Vor drei Jahren? Hervorragend. Sie müßten in einer Abschlußklasse gewesen sein.«

»Wer?«

»Kannst du mir mal Leons Nummer geben?« fragte Mark zurück.

Leon konnte ihm aber nicht weiterhelfen.

»Da haben Hunderte die Abschlußprüfung abgelegt«, sagte er. »Ich kann mich an keinen Palmer erinnern.«

»Und ich bin nicht sicher, ob er wirklich so hieß.«

Am Abend des gleichen Tages fand Mark jedoch eine Nachricht von Leon auf seinem Anrufbeantworter: »Hi, Mark, ich weiß nicht, ob das von Nutzen ist, aber da war ein Typ in Wharton, der hatte eine Schwester, die ihn mal besuchen kam und sich ordentlich vollaufen ließ. Mein Freund Sandy teilte das Zimmer mit ihm. Aber er hieß nicht Palmer, sondern Parker. Parker Wetmore. Hilft dir das weiter?«

Die Nachricht rief eine Erinnerung in Mark wach. *Eine ältere Schwester in der Entziehungskur für Alkoholiker in New Jersey...*

Jetzt hatte er alles, was er brauchte. Die Instinkte des Bluthundes waren geweckt. Gleich am nächsten Morgen ging er zum Standesamt, um das Heiratsregister einzusehen. Denn er war nicht sicher, ob das von Vogel angegebene Datum stimmte. Offensichtlich war die Akte auf Antrag unter Verschluß genommen worden, aber Mark schnüffelte inzwischen schon so instinktiv, daß es fast zu hören war. Er suchte die St.-Vincent-Kirche an der Park Avenue auf und hatte schon bald die handgeschriebenen Eintragungen aller Ehen vor sich, die in den zurückliegenden fünf Jahren vor ihrem Altar geschlossen worden waren.

Er fand, was er suchte, und zwar genau unter dem Datum, das Vogel erwähnt hatte, das heißt unter dem zehnten September. An diesem Tag waren Parker Richard Wetmore und Margaret Allison Stanton in den heiligen Stand der Ehe getreten. Zwar nicht Maeve, aber derselbe Anfangsbuchstabe.

Der Name Stanton war leicht zu ermitteln. Hildegarde (nicht Hildebrand) Stanton, Margarets Mutter, gehörte dem Adel von Newport an, und ihr erster Mann war beim Absturz eines Firmenflugzeugs umgekommen. Sie hatte wieder geheiratet und war heute Mrs. Hugh Hausman. Ihre Tochter hatte allerdings den Mädchennamen ihrer Mutter – Stanton – beibehalten, auch nach ihrer eigenen Heirat. Hausman war zehn Jahre jünger als seine Frau, ein Jäger, Segler und ehemaliger Profigolfer.

Als Mark alle Fakten beieinander hatte, verspürte er ein brennendes Gefühl des Triumphes.

Nur eines stimmte nicht. Etwas Wichtiges stimmte nicht.

Hugh Hausman war nicht tot. Er nahm gerade an einem Golfturnier für Profis und Amateure in Florida teil.

Margaret Stanton war nicht tot. Sie lebte mit ihrem Mann und ihrer erst kürzlich zur Welt gekommenen Tochter in einem Apartmenthaus an der Park Avenue.

Parker Wetmore saß nicht, des Mordes angeklagt, in einer Gefängniszelle, sondern arbeitete bei Gardner, Bruce & Hausman als Wertpapieranalyst.

Beim Mittagessen sagte Mark zu Camilla: »Ich werde verrückt. Oder mein Chef ist es schon.«

Aber er konnte es ihr nicht erklären, das war das Schlimmste an der Sache. Er konnte nicht sagen, daß er Scott Vogels Story gelesen hatte. Er konnte Vogel nicht dazu befragen. Er mußte mit dem Rätsel leben oder beschließen, daß es gar nicht existierte, daß die Parallelen nur Zufall waren.

Die Neugier verzehrte ihn.

Um sieben Uhr am folgenden Morgen bezog er gegenüber dem Haus an der Park Avenue, in dem das junge Paar wohnte, in einem Hauseingang Stellung und hoffte, den Protagonisten von Vogels Geschichte identifizieren zu können. Nach der ersten vergeudeten Stunde sagte er sich, daß er wohl einen sehr schlechten Privatdetektiv abgeben würde.

Um acht Uhr zwanzig verließ ein junger Mann mit Aktentasche das Haus. Er hatte dunkelblondes Haar und war kleiner, als Mark sich Vogels Parker Smith vorgestellt hatte. Aber als er sich ganz beiläufig beim Portier erkundigte, ob das da eben sein alter Freund Parker Wetmore gewesen sei, bejahte dieser seine Frage.

Statt zum Mittagessen zu gehen, saß Mark um halb zwei an seinem Schreibtisch und wartete auf Vogel. Der große Mann kam schließlich geschäftig in die Redaktion gerauscht, hörte seine Nachrichten ab, grüßte Mark wie gewohnt mit zwei erhobenen Fingern und betrat sein Büro. Einen Augenblick später steckte er den Kopf wieder aus der Tür und erkundigte sich bei Mark nach der Preisverleihungsrede.

»Die liegt schon seit zwei Tagen auf Ihrem Tisch«, sagte Mark.

»Schön, sehr schön!« rief Vogel. »Wir sprechen sie nach der Mittagspause durch.«

Mark ging, aber nicht zum Mittagessen. Er hatte auf nichts Appetit – ihm lag einzig und allein an der Lösung des Rätsels. Er fuhr mit dem Bus in den Wall-Street-Bezirk und ging zu Fuß bis zu dem Gebäude, das die Firma Gardner,

Bruce & Hausman beherbergte. Er hatte sich für ein direktes Vorgehen (das im Grunde genommen eine krumme Tour war) entschieden und wollte Parker Wetmore unter dem Vorwand aufsuchen, Material für einen *SCAN*-Artikel über die Abschlußklasse von Wharton zu sammeln.

Zu seiner Überraschung kam Parker Wetmore gerade aus dem Lift und strebte dem Ausgang zu. Noch einer, der spät zum Essen ging.

Mark zögerte nicht und folgte ihm. Er hatte kein großes Zutrauen in seine Fähigkeiten als Detektiv, aber Parker bemerkte offenbar nicht, daß er beschattet wurde. Mark war entschlossen, ihm in das Restaurant zu folgen, das er aufsuchen würde, und sich dann unter irgendeinem Vorwand zu ihm an den Tisch zu setzen.

Aber Parker ging in kein Restaurant. Mit zielstrebigem Schritt gelangte er in die Centre Street. Er bog um eine Ecke und näherte sich einem sehr alten Haus. Er ging hinein, und Mark erhaschte einen kurzen Blick auf ein Treppenhaus. Wo immer Parker hinging, es mußte im ersten Stock sein.

Mark mußte ein Stück zurücktreten, um die verblichene Aufschrift auf den Fenstern der ersten Etage lesen zu können. Dort stand:

JASON & FORSTER, BÜCHSENMACHER
Alles für den Schießsport
Schußsicherer Vorführraum. Gegr. 1931

Als er wieder in der Redaktion eintraf, war Mark völlig außer Atem. Er keuchte noch, als er die Tür zu Scott Vogels Büro öffnete und eintrat. Vogel saß vor dem Computer und sah überrascht auf. Mark war noch nie eingetreten, ohne vorher angeklopft zu haben, und sein Gesichtsausdruck war niemals anders als friedfertig und ein wenig neugierig gewesen.

»Ich hätte es merken müssen«, sagte Mark. »Ich komme mir so blöd vor! Ich hätte es mir denken können!«

»Was denken können?« fragte Vogel, und die Überraschung wich der Gereiztheit.

»Diese Story, an der Sie da arbeiten! Diese Mordgeschichte! *Es ist noch gar nicht passiert!*«

Vogels Mund fing an, Worte zu bilden. Ein Lippenleser hätte erkennen können, daß er »Wovon, zum Teufel, reden Sie da?« sagte, aber er sprach die Wörter nicht aus, verschluckte sie. Seine Gesichtsfarbe wechselte in zwei Stufen von zornigem Rot zu erschrockener Blässe.

»Woher wissen Sie, woran ich arbeite? Das ist doch noch alles hier drin.« Er zeigte mit dem Finger auf den Monitor.

»Es war ein Unfall«, antwortete Mark. »Ich bin durch einen Irrtum zu dem Paßwort gekommen und habe dann die Geschichte von dem Yuppie... von diesem Kerl, der seine Frau und seinen Stiefvater umgebracht hat –«

»Mark, setzen Sie sich«, sagte der Redakteur und versuchte, seiner Stimme einen befehlenden Ton zu geben.

»Gott im Himmel, ich habe ihn gesehen, Mr. Vogel! Heute! Er ist in diesen Waffenladen gegangen... wie Sie es in Ihrer Story schreiben! Und Sie haben das gewußt, nicht wahr? Er hat Ihnen gesagt, daß er das tun würde. Er hat Ihnen ganz genau erzählt, was er vorhat.«

»Regen Sie sich nicht auf. Was geschehen soll, das geschieht. Es ist lediglich eine technische Frage. Eine kleine Zeitverschiebung.«

»Aber warum? Wie?« fragte Mark, und die zweite Frage kam wie ein Schluchzen heraus.

»So was gibt's nicht alle Tage… verdammt und zugenäht, es ist das erste Mal, daß ich etwas derartiges erlebt habe. Aber manchmal bekommt man in diesem Geschäft halt doch seine Chance, eine wirklich echte Gelegenheit. Da stößt man auf jemanden, der einem zu einer günstigen Ausgangsposition verhelfen kann…«

»Dann stimmt es also! Sie haben die ganze Geschichte von diesem Burschen. Er hat Ihnen auch gesagt, wie sie enden wird, und Sie werden alle anderen ausstechen. Ist das die Idee?«

»Es wird in der nächsten Ausgabe stehen«, sagte Vogel. Allmählich kehrte die Farbe in sein Gesicht zurück. Er lächelte fast. »Die bei *Vanity Fair* werden vor Neid platzen. Alle Redakteure des Landes werden sich in den Arsch beißen. Und dann kommt noch der Fernsehfilm…«

»Aber warum hat er es Ihnen erzählt? Aus welchem Grund?«

»Geld, mein Junge. Das ist der älteste Grund auf der Welt. Nicht für sich selbst. Er braucht ja in den nächsten vierzig Jahren nur ein bißchen was für Zigaretten. Aber er wollte dem Baby, seinem kleinen Mädchen, etwas hinterlassen. Oder sollte ich sagen… dem Kind seines Schwiegervaters?«

Mark überraschte sich selber damit, daß er Vogel beim Schlips packte. »Sie Scheißkerl!« rief er.

Vogel schlug Marks Hand weg. »He, lassen Sie das. Wissen Sie, was diese Krawatte gekostet hat?« Er versuchte es auf die vernünftige Tour. »Ich weiß ja, mein Junge, daß Sie das alles ziemlich aus dem Gleichgewicht bringt. Das ist ein Aspekt unseres Berufs, den Sie noch nicht kennen…«

»Es ist Mord«, sagte Mark. »Und der kann noch verhindert werden.« Er griff nach dem Telefon, aber Vogel entriß ihm den Hörer.

»Sie müssen die Polizei anrufen, Mr. Vogel! Oder diese Leute vor der Gefahr warnen, in der sie sich befinden. Wenn Sie es nicht tun, dann tue ich es, das schwöre ich Ihnen!«

»Wenn Sie das tun, Mark, dann können Sie sich gleich ganz aus diesem Geschäft verabschieden!«

»Und wenn diese Leute umgelegt werden, Mr. Vogel, dann erzähle ich aller Welt, wie's dazu gekommen ist! Daß Sie wußten, was da im Gange war, aber den Mund nicht aufgemacht haben! Könnte sogar sein, daß man Sie dann der Mithilfe beschuldigt…«

Erneut wich die Farbe aus Vogels Gesicht, und seine schmalen Schultern sackten unübersehbar nach unten. Er ließ seinen übergroßen Kopf gegen die Lehne des gepolsterten Ledersessels sinken und starrte zur Decke hinauf.

»Na schön«, seufzte er, »hol Sie doch der Henker. Ich glaube, für mich springt da auch so noch eine Story raus. Aber wissen Sie, was Sie kriegen? Gar nichts, mein Junge. Sie sind fertig.«

DER YUPPIE-KILLER

von

Mark Spearman

Es war eine beängstigende Szene, die sich Scott Vogel bot, als er das Arbeitszimmer in Hugh Hausmans elegantem Stadthaus in Manhattans Upper East Side betrat.

Das Erstaunlichste aber war, daß Vogel es nicht mit der Angst bekam. Er hatte sich diese Szene schon oft in seiner Phantasie ausgemalt. Er hatte sie in seinem Kopf aufgebaut, als er die mit Worten gemalten Bilder schuf, die von Sex, Lügen und Verrat erzählten.

Es war der letzte Akt des Dramas, und Scott Vogel, einer der erfolgreichsten amerikanischen Autoren von reißerischen Tatsachenkrimis, wußte, was er zu erwarten hatte: einen jungen Mann, in dem das Verlangen nach Rache wie ein Fieber glühte. Eine junge Frau, zutiefst erschrocken beim Anblick der Flinte, die er in den Händen hielt. Ihr Stiefvater – und Geliebter –, der um ihrer aller Leben flehte.

Scott Vogel war gekommen, sie zu retten. Es war nicht das Ende der Geschichte, das er erwartet hatte. Und er hatte auch nicht erwartet, daß Parker Wetmore in einem Wutanfall beide Patronen auf den Eindringling abfeuern würde – auf den Mann, von dem er geglaubt hatte, er sei sein Freund und Vertrauter.

Scott Vogel rettete zwei Leben, aber um den Preis seines eigenen.

Mark lehnte sich in dem gepolsterten Ledersessel zurück und sah auf den Monitor. Er hatte noch nicht einmal eine Seite geschrieben und wußte, daß sie ungeduldig auf das fertige Manuskript warteten. Aber er war müde, und Camilla wartete auf ihn. Er beschloß, die Story morgen von neuem anzugehen, und rief die Programmsicherung auf. Ein Dialogfenster bat um ein Paßwort. Es war nicht Ironie, sondern eher eine Huldigung, als er *Geplagte Pearl* eingab.

Larry verdanke ich alles

»Puerco!« schrie sie, als Dennis ihr das Album aus der Hand riß. Ihre langen Fingernägel kratzten über sein Handgelenk und hinterließen eine schmale weiße Spur, auf der schon bald kleine Blutströpfchen sichtbar wurden. Voll leidenschaftlicher Reue stöhnte sie auf und schlang die Arme um ihn. Ihre braunen Finger zupften in liebestoller Massage an seinem grauen Haar. Er lachte und sagte: »Conchita, dieses Album ist Privatsache, comprender? Privat, mucho nix anfassen, okay?« Selbst nach sieben Jahren in Mexiko war Dennis über Küchenspanisch noch nicht hinausgekommen. Aber wie auch immer, Conchita verstand ihn. Ihr Englisch, das sie der Schule in Juarez verdankte, war gut.

Eine Weile später saßen sie, Drinks in der Hand, gemütlich auf dem Rattansofa beieinander, und er ließ sie unter seiner Aufsicht in dem Album blättern. Auch er hatte es sich schon seit Jahren nicht mehr angeschaut. Die Hälfte des Inhalts hatte sich bereits von den Seiten abgelöst. Eigentlich war es ja auch gar nicht sein Album, sondern Larrys. Larry hatte es für ihn angelegt, Larry hatte ihn seit ihrer gemeinsamen Zeit auf der Oberschule von Duffy immer wieder zur Weiterführung dieses Albums ermutigt. Larry auf Fotos, in Zeitungsartikeln und mit Briefchen war auf den dicken braunen Seiten so lebendig und gegenwärtig wie Dennis selbst. Conchita hielt bei einem der unzähligen Bilder Larrys inne und fragte: »Wer ist das?«

»Er heißt Larry Wyatt«, antwortete Dennis. »Mein bester Freund, Conchita. Mi camarada. Ihm verdanke ich alles, wirklich alles.«

»Que! Wie alles?«

Das war eine Frage, der er seit Beginn seines Exils ausgewichen war. Aber die Zeit für Antworten war gekommen. Larry sah ihn mit klaren grauen Augen aus dem Foto heraus an und schien zu sagen: ›Na los, Dennis, erzähl's ihr. Jetzt kannst du.‹

Mit einem Seufzer wandte er sich dem letzten Stück im Album zu, einem Zeitungsausschnitt, der nicht eingeklebt, sondern hinten in die Bindung geklemmt war – es war der Artikel, den er vor sieben Jahren kurz überflogen hatte, um das Album dann für immer zuzuklappen.

Er zog den Artikel heraus und ließ Conchita die Überschrift mit immer größer werdenden Augen lesen. Da stand kurz und sachlich:

FABRIKANT ERSCHOSSEN –
SUCHE NACH VERUNTREUER AUFGENOMMEN.

Sie schüttelte den Kopf, verstand nicht. Deshalb erklärte ihr Dennis, worum es ging:

Als wir vierzehn Jahre alt waren, schnitten Larry und ich uns mit einer schmutzigen Rasierklinge in die Daumen und drückten sie gegeneinander, um Blutsbrüder zu werden. So eine enge Freundschaft verband uns. Ich war ein großgewachsener, törichter Bursche mit Muskeln und er ein kleines Frettchen mit Mut und Verstand. Ich hielt ihm die Schläger der Gegend vom Hals, und er sorgte dafür, daß ich nicht von der Schule flog. Es war eine gute, sehr schlichte Übereinkunft. Es gab Leute, die dachten, Larry nutze mich aus, ich sei ein gutgläubiger Trottel und sein Ackergaul, aber ich machte mir nichts aus solchem Gerede, solange ich nur Larrys Freund sein konnte.

Natürlich wurden auch wir erwachsen, und das Erwachsenwerden verändert ja immer alles. Als wir uns auf unsere berufliche Laufbahn vorbereiteten, gab es nicht viel, was ich mit meiner Muskelkraft für Larry tun konnte. Und mir selbst brachte sie auch nicht viel ein. Larry, der hatte seine Zukunft genauestens geplant. Er strebte den großen Schreibtisch des Managers an, den Chefposten bei irgendeinem Riesenkonzern, für den er dann in einem Privatjet von Konferenz zu Konferenz zwischen Washington, Paris und Rom hin und her fliegen würde... Was mich anging, so wußte ich nicht, was ich wollte, bis Larry es mir sagte. Er überzeugte mich davon, daß ich Buchhalter werden müsse. Das einzige Fach, in dem ich einigermaßen gut gewesen war, war Mathe, und deshalb tat ich, was Larry für richtig hielt, und erlernte das Rechnungswesen...

Nach dem College trennten sich unsere Wege. Ich arbeitete für eine kleine Firma und geringen Lohn, während Larry den großen Sprung wagte und in den Mittleren Westen ging, wo ein großer Konzern ein Institut für die Schulung des eigenen Managernachwuchses aufbaute. Mich erwischte zwei Jahre später die Armee, die meine Ausbildung total ignorierte. Ich landete als Schütze bei einer Infanteriekompanie, also wieder bei der Muskelkraft. Larry hatte mehr Glück. Aus irgendeinem Grund – ein kaputtes Knie, ein durchlöchertes Trommelfell, irgend etwas in der Art – wurde er vom Wehrdienst befreit. Die Zeit, die ich weg vom Fenster war, nutzte er zu einem raketenartigen Aufstieg in der Welt des Big Business.

Ich sah ihn erst fünf Jahre später wieder. Er hatte seinen Job in Chicago und auch die Position des Vizepräsidenten zugunsten einer niedrigeren Stelle bei einem größeren Unternehmen in New York aufgegeben. Diese Art von Wagemut ging mir ab. Ich klammerte mich an meinen Neunzig-Dollar-die-Woche-Posten und war froh, daß ich ihn hatte. Buchhalter lernen es, sich an ihrer Sicherheit zu freuen.

Sechs Monate später erbot sich Larry, mir bei der Suche nach einem besseren Job behilflich zu sein. Er stieg bei seiner neuen Firma, Rutherford Manufacturing, schnell auf und meinte, er könne mich dort gebrauchen. Ich wußte, daß er einzig und allein aus Freundschaft zu mir handelte, aber das hielt mich nicht ab. Ich nahm die Stelle an.

Es war wirklich ein Erlebnis, Larrys Aufstieg sozusagen von innen her zu verfolgen. Er war clever, vielleicht sollte man sagen skrupellos, und er wußte, was er tat. Die Leute, mit denen ich zusammenarbeitete, mochten ihn nicht sonderlich. Sie machten hinter seinem Rücken Witze und lachten über ihn. Ich war als sein Freund in der Finanzabteilung von Rutherford nicht übermäßig beliebt. Aber sie konnten alle spotten, soviel sie wollten, Larry gelangte bis nach ganz oben und war schon nach drei Jahren stellvertretender Vorstandsvorsitzender. Wenn der Aufsichtsrat schlauer gewesen wäre, hätte er ihm gleich den Vorsitz übertragen und einen alten, verbitterten Burschen namens Walford durch ihn ersetzt. Aber Walford kannte alle Tricks und hielt sich zäh an seinem Stuhl fest.

Ich weiß nicht, was in meinem Leben nicht hinhaute. Ich verdiente hundertfünfundzwanzig Dollar pro Woche. Ich war unverheiratet und hatte keine Freude am Dasein. Die Frauen schienen mich nicht besonders zu mögen, und ich schloß nicht leicht Freundschaften. Ich wußte nie so recht, was ich mit meiner Zeit anfangen sollte. Dank Larry hatte ich zwar mein gesichertes Einkommen, aber irgendwie war das einfach nicht genug.

Wieder war es Larry, der mir half. Er brachte mich mit Leuten zusammen, die ich sonst nie im Leben kennengelernt hätte. Ein paar von ihnen mochten mich und ein paar tolerierten mich halt, weil ich Larrys Freund war. Ich konnte nicht genau sagen, zu welcher Kategorie Eileen gehörte, aber das war eigentlich gleichgültig. Von unserer ersten Begegnung an veränderte sich für mich alles. Ich kam mir vor wie eine Maschine, die in ihrer Transportkiste dagestanden und nur darauf gewartet hatte, aufgestellt und in Gang gesetzt zu werden. Das hatte ich Eileen zu verdanken, und es war das Größte, was mir je passiert war. Und, wie sich herausstellen sollte, auch das Schlimmste.

Selbst heute könnte ich nicht sagen, was Eileen von mir gehalten oder über mich gedacht hat. Gelegentlich hatte ich das Gefühl, daß ihr Interesse an mir lediglich den Zweck hatte, Larry näher zu sein. Nicht, daß er sich je mit ihr verabredet hätte. Ich glaube, er mochte sie nicht besonders. Sie war zu zart für seinen Geschmack, der Typ, der an feines Porzellan erinnert. Kein Fleisch auf den Knochen, aber sehr schön. Ich war ganz verrückt nach Eileen, und ich hätte so ziemlich alles getan, um ihr Interesse an mir wachzuhalten. Sie hat nie gesagt, ich solle das Geld von Rutherford stehlen, hat es nie auch nur angedeutet, aber irgendwie bot es sich allmählich als die einzige Lösung an. Ich mußte ihr doch Geschenke machen, wahnsinnig teure Geschenke, enorm extravagant und weit jenseits meiner finanziellen Möglichkeiten. Sie brauchte sich mir nicht verpflichtet zu fühlen, brauchte mir nicht zu danken, aber ich durfte nicht aufhören, ihr diese Geschenke zu machen, und das konnte ich nur, wenn ich das Geld stahl.

Es war ganz leicht. Vielleicht machte das einen Teil der Versuchung aus. Die Finanzabteilung von Rutherford war schlecht geführt, die Buchhaltung von unglaublicher Schlampigkeit. Für jemanden, der Geld unterschlagen wollte, war das alles geradezu ideal, und nachdem ich angefangen hatte, nach Eileen zu fiebern, fing ich auch mit dem Unterschlagen an.

Ich hatte die Firma um etwa achttausend Dollar erleichtert, als sie mich erwischten. Ich war sprachlos, als das passierte. Ich war ganz sicher, meine Spuren so gut verwischt zu haben, daß der Fehlbestand auch bei einer Buchprüfung nicht aufgefallen wäre. Aber es war auch etwas ganz anderes gewesen, was mich verraten hatte. Ein Juwelier – ich glaube, es war Black & Starr – hatte mir aus Versehen eine Rechnung direkt ins Büro geschickt. Durch einen unglücklichen Zufall hatte jemand den Umschlag geöffnet und den Rechnungsbetrag gesehen – sechzehnhundert Dollar für eine Brillantnadel. Das hatte im Büro die Runde gemacht, und aus dem Gerede war ein Verdacht geworden.

Und da hatten sie mit der gründlichen Überprüfung angefangen.

Die folgenden Tage waren der reinste Alptraum. Alles wurde noch schlimmer, weil Larry nicht da war. Er befand sich auf einer Dienstreise. Mir war klar, daß die Buchprüfer, wenn sie erst einmal wußten, wonach sie zu suchen hatten, meine Schuld aufdecken würden, und ich kam zu dem Schluß, daß ich nur noch eines tun konnte, nämlich auf der Stelle zu Walford gehen und mich ihm auf Gnade und Ungnade ausliefern.

Es hatte keinen Sinn, zu versuchen, mit ihm in seinem Büro zu sprechen, denn seine Tür war mir verschlossen. Aber ich fand heraus, wo er wohnte, und fuhr zu seinem Haus. Es war ein Freitagabend, ein milder Abend kurz vor Sommeranfang, und ich erinnere mich, daß ich dachte, wie süß doch die Luft der Freiheit sei.

Walford war überrascht, als er mich sah, bat mich aber herein. Er war Witwer und hatte nichts für Dienstpersonal übrig, das im Haus wohnte, das heißt, es war niemand da außer ihm und mir. Wir unterhielten uns im Arbeitszimmer oder in der Bibliothek, jedenfalls in einem Raum, der mit ungelesenen, ledergebundenen Büchern und Ledersesseln vollgestopft war. Ich sagte nichts besonders Schlaues zu Walford, hielt auch keine Rede zu meiner Verteidigung, sondern platzte einfach nur mit der Bitte um Vergebung und Mitgefühl heraus. Ich sagte, ich wolle alles tun, um mein Vergehen wiedergutzumachen, und würde hart arbeiten, um jeden Cent, den ich gestohlen hatte, zurückzuzahlen. Er hörte mir mit unbewegter Miene zu und gab mir dann seine Antwort. Sie war ein Nein, ja, mehr als ein Nein.

Was ich zu hören bekam, war eine Explosion des Hasses – Haß nicht gegen mich, sondern gegen Larry.

»Wieso kommen Sie zu mir?« knurrte er wütend. »Warum bitten Sie nicht Ihren Freund Wyatt um Hilfe? Nur ein Dieb kann einem Dieb helfen, das ist doch so.«

»Larry ist kein Dieb«, sagte ich törichterweise. »Er hat mit alldem nichts…«

»Nein, ein gemeiner kleiner Dieb ist er nicht. Er stiehlt ganze Jobs, das ist doch seine Spezialität, oder nicht? Nur daß er sich diesmal das falsche Opfer ausgesucht hat. Er wird mich niemals aus der Firma drängen, niemals…«

»Hören Sie, Mr. Walford, ich bin nicht hier, um mit Ihnen über Larry zu reden, sondern ich bin gekommen, weil ich Sie bitten wollte, mir noch eine Chance zu geben!«

»Im Gefängnis!« schrie er. »Da werden Sie Ihre Chance kriegen! Und Ihr Freund Larry kann Sie dann jeden Sonntag besuchen…«

Mein Kopf schien bis zum Zerbersten anzuschwellen, meine Augen sahen nur noch verschwommen, und ich hatte plötzlich, wie ich feststellen mußte, meine Hand auf seinen Arm gelegt.

»Hören Sie mich an, Mr. Walford, bitte!« flehte ich.

»Fassen Sie mich nicht an! Nehmen Sie sofort die Hände weg!« Er machte sich los, und ich glaube, ich stolperte ihm nach und erschreckte ihn. Er hatte jedenfalls Angst, ich könnte ihn angreifen. Er öffnete die oberste Schublade seines Schreibtischs und holte eine hübsche kleine Pistole raus, deren Lauf er mit unsicherer Hand auf mich richtete.

»Machen Sie, daß Sie hier rauskommen! Verschwinden Sie, oder ich schieße!«

»Sie haben mir überhaupt nicht zugehört! Sie sind so sehr mit Larry beschäftigt, daß Sie mir gar nicht zugehört haben, verdammt noch mal. Ich wollte das Geld nicht nehmen, jedenfalls nicht für immer. Ich wollte alles zurückzahlen ...«

»Sie Dieb! Sie Lügner!« kreischte er. »Sie sind wie er! Genau wie er!«

Ich verlor erneut die Beherrschung. Ich wußte nicht, was ich tat, und wußte es doch nur zu gut. Ich spaltete mich wie ein Doppelbild in der Mitte auf, und die eine Hälfte von mir nahm Walford die Pistole aus den zittrigen Fingern, während die andere nur zusah und nichts tat. Und als Walford dann auf mich losging, da schoß ich mit der Pistole, und er fiel zwischen dem ledernen Schreibtischsessel und dem Schreibtisch mit der ledernen Schreibunterlage auf den Teppich.

Nachdem ich geschossen hatte, herrschte eine schreckliche Stille im Zimmer, und ich sah verwirrt auf die rauchende Pistolenmündung. Dann ging ich hinaus, die Pistole noch immer in der Hand, und spürte an meiner Seite die Wärme ihres Laufs. Ich stand in der Diele des Hauses und versuchte, mich zum Nachdenken zu zwingen, als ich durch das Fenster neben der Haustür sah, wie ein Auto auf der Zufahrt zum Haus hielt und Larry ausstieg. Ihn in diesem Augenblick zu sehen war ein Wunder. Ich öffnete die Tür und stand hilflos wartend in der Diele, wartete auf Larry, damit er mir sagte, was ich tun sollte.

Er hatte eine Aktentasche bei sich. Das erste, was er tat, war, sie abzusetzen, und das zweite, daß er mir die Pistole aus der Hand nahm und an der Mündung roch.

»Was ist passiert?« fragte er. »Dennis, was hast du getan? Hast du etwa Walford erschossen?«

Ich nickte und fragte fast beiläufig zurück: »Was machst du denn hier, Larry?«

»Ich bin gerade aus Detroit zurückgekommen. Ich habe von der Unterschlagung gehört und gedacht, ich sollte am besten sofort mit Walford sprechen und versuchen, die Sache zurechtzubiegen.«

Ich lächelte und sagte: »Danke, Larry, das ist sehr lieb von dir. Nur ist es leider zu spät dafür, ich habe bereits mit ihm gesprochen...«

Larry ging ins Arbeitszimmer, um sich anzusehen, was ich getan hatte. Er kam wieder heraus und war sehr blaß.

»Du mußt weg, Dennis«, sagte er.

»Weg?«

»Irgendwohin. Vielleicht nach Mexiko. Du hast keine Chance, wenn du hierbleibst. Erst die Unterschlagung und jetzt das.«

»Was soll ich denn jetzt machen, Larry?« fragte ich.

»Warte«, antwortete er. »Warte hier. Du kannst ja nicht ohne Geld untertauchen. Walford hatte immer eine Menge Bargeld in einem alten Wandsafe. Ich war so oft dabei, wenn er ihn aufgemacht hat, daß ich das Ding auch im Schlaf knacken könnte. Du nimmst sein Geld, Dennis. Es kann nichts schaden, wenn hier alles nach einem ganz gewöhnlichen Raubüberfall aussieht...«

Er verschwand wieder, und als er zurückkehrte, hatte er mehr Scheine in den Händen, als er halten konnte. Ich habe sie nie gezählt, aber ich wußte, als ich das Geld in die Taschen stopfte, daß es weit über fünftausend Dollar waren.

»Larry«, sagte ich mit Tränen in den Augen, »du solltest da nicht mit reingezogen werden. Ich kann nicht zulassen, daß du so viel für mich tust.«

»Nimm das Geld, Dennis«, sagte er. »Nimm das Geld und bring so viele Meilen zwischen dich und dieses Haus, wie du kannst. Und dann geh so bald wie möglich über die Grenze.«

Ich streckte blind meine Hand aus, und er ergriff sie. Er lächelte und drückte unsere Daumen gegeneinander – seit unserer Jugend war dies die erste Erinnerung an unsere Blutsbrüderschaft.

Einen Monat später erreichte ich Mexiko, und ich habe das Land seitdem nicht wieder verlassen. Und ich möchte es jetzt auch gar nicht mehr verlassen, denn ich war in meinem ganzen Leben noch nie so glücklich wie hier. Deshalb sage ich, daß ich alles Larry verdanke. Alles.

Conchita hatte ihm ruhig und ernst zugehört. Dann fragte sie: »Und dein Freund Larry? Was ist aus ihm geworden?«

»Nichts und niemand konnte Larry etwas anhaben. Nach Walfords Tod folgte er ihm als Chef nach. Ich habe gehört, daß er sich sogar sein Privatflugzeug gekauft hat ...« Dennis lächelte. »Aber er hat sich's auch verdient, Conchita. Larry verdient alles, was gut ist in diesem Leben.«

Conchita studierte mit gerunzelter Stirn den Zeitungsartikel und kniff die Augen zusammen, wenn sie auf besonders schwierige Wörter stieß. Nach einer Weile fragte sie: »Hast du diesen Artikel eigentlich mal gelesen? Von Anfang bis Ende?«

»Ich habe ihn überflogen. Vor vielen Jahren ...«

»Hast du gar nicht mitgekriegt, was hier steht? Über die Kugeln, die den Mann getötet haben? *Die Kugeln!*«

»Kugeln? Nein, das ist ein Irrtum, Conchita. Ich habe nur einmal auf Walford geschossen, nur ein einziges Mal.«

Sie überflog den Zeitungsausschnitt, hob ihn dicht an ihre Augen, las mit gefurchter Stirn.

»Zwei Kugeln«, sagte sie dann. »Die erste verwundete ihn nur leicht an der Seite. Die zweite… traf seinen Kopf. Zwei Kugeln, Dennis. Das steht hier… in diesem Artikel.«

Sie reichte ihm den Zeitungsausschnitt und sah zu, wie er den Artikel durchlas, wartete auf seine Reaktion, wartete darauf, daß sie seinen grauen Kopf an ihrer Schulter wiegen konnte, denn sie wußte, daß er Trost brauchen würde – wie jeder Mann, der gerade einen Freund verloren hat.

Eine Mordschance

Als Streifenpolizist hatte Jake Boze den Bogen raus, wie er seinen Namen in die Zeitung kriegte. (»Aber schreiben Sie ihn bloß richtig«, pflegte er zu den grinsenden Reportern zu sagen. »Ich buchstabiere: B – o – z – e.«) Als dann jedoch das Unvermeidliche geschah und sein Ruf als großes As ihm den Rang eines Kommissars eintrug, da änderte sich das. Niemand beklagte sich und niemand gab Jake die Schuld daran, aber sein Name tauchte einfach nirgendwo mehr auf, und die Erwartungen, die man in ihn gesetzt hatte, erfüllten sich nicht. Niemand beklagte sich, aber Jake Boze spürte doch, was los war, spürte es so stark und schmerzhaft wie die alte Schußverletzung an seinem linken Oberschenkel.

Einmal breitete er seinen Kummer vor Captain Eastman aus, aber Eastman hatte schon genug mit anderen Problemen in der Abteilung zu tun.

»Was wollen Sie von mir, Boze?« fragte er. »Ich kann Sie nun mal nicht dauernd mit aufregenden Fällen versorgen. Tun Sie einfach Ihre Arbeit, der Ruhm wird sich dann schon einstellen.«

»Aber ich erwische nie was Großes«, sagte Jake, und es wirkte merkwürdig, wie da aus dem großen, vierschrötigen Körper diese dünne, weinerliche Stimme kam. »Immer nur dieser Kleinkram. Warum kann ich nicht hin und wieder auch mal einen Mordfall kriegen?«

»Nun warten Sie doch ab. Sie haben noch genug Zeit, zu Ruhm und Ehren zu kommen. Das geht nicht über Nacht.«

Jake schmollte, und der Captain runzelte in Großer-Bruder-Manier die Stirn. Er beugte sich vor.

»Jake«, sagte er. »Es ist nur zu Ihrem Besten, was ich Ihnen jetzt sage. Sie waren einer der besten Streifenbeamten unseres Reviers, das erkenne ich durchaus an. Aber jetzt zielen Sie ein bißchen zu hoch, Jake. Diese Mordfälle, dazu braucht's Köpfchen. Das Ermitteln ist heutzutage eine regelrechte Wissenschaft. Da zählen weder Ihre Fußarbeit noch Ihr Spiel mit der Kanone. Darauf kommt's an«, sagte er und tippte sich bedeutungsvoll an die Stirn.

»Man hat mir nie die Gelegenheit gegeben«, murrte Jake. »Ich habe alle Handbücher gelesen. Alles, was ich jetzt brauche, ist eine echte Chance.«

Eastman seufzte und machte eine vorsichtige Zusage. Aber sechs Monate später standen immer noch keine neuen Berichte über Kommissar Jake Boze in der Zeitung.

Ein ungewöhnlich kühler Sommer neigte sich gerade dem Ende zu, und die Verbrechensrate hatte einen überraschenden Tiefpunkt erreicht, als das Schicksal Jake die ersehnte Chance direkt unter seine dicke Knollennase schob. Da er unter den Beamten in Zivil nur wenige Freunde gewonnen hatte, zog er immer noch gern mit Sergeant Goldman vom 34. Revier los. Ihn begleitete er gerade im Streifenwagen, und sie plauderten wie alte Freunde (die sie auch waren), wobei Goldman zuhörte und Jake klagte, als sie im Funk die Nachricht von einem Zwischenfall in der East

83rdStreet hörten. Jemand dort hatte das Geräusch von Schüssen gemeldet. Es war nicht sehr weit von ihrem augenblicklichen Standort entfernt, und Jake, der sich plötzlich wieder wie ein Streifenbeamter fühlte, sagte: »Was meinst du, Phil? Sollen wir da mal nachsehen?«

Der Sergeant sah ihn an und lächelte verständnisvoll. »Klar doch, Jake, machen wir.«

Die angegebene Adresse stellte sich als eine dieser glitzernden Betonklippen heraus, die den East River säumen. Es war ein Wohnhaus und nobel genug, um zwei Portiers und zwei Fahrstuhlführer zu beschäftigen. Einer der letzteren war es gewesen, der erst vor wenigen Minuten oben in der Dachterrassenwohnung des Gebäudes das gehört hatte, was er für Schüsse hielt. Jake fragte Goldman, ob er sich um den Liftboy kümmern wolle, und er war einverstanden. Daraufhin fuhr Jake mit dem Fahrstuhl zur obersten Etage und trug dem Liftboy auf, nach unten zurückzukehren.

Jake war nicht übermäßig beeindruckt von der tollen Lage des Penthouses. Er hatte im Laufe seines Berufslebens schon Schickeres gesehen. Als er dann aber einen Blick auf das kleine Messingschildchen an der Wohnungstür warf, stieß er doch einen kurzen, kaum hörbaren Pfiff aus. Da stand: THORNTON J. KELLY.

Dieser Thornton J. Kelly war ein wandelnder Anteil an der First National, ein Mann, der genug Geld gemacht hatte, um das Interesse daran zu verlieren, und der es inzwischen durchaus erfolgreich mit einer politischen Karriere versuchte.

Jake drehte den Knauf der Tür. Sie war nicht verschlossen.

Er tappte in tiefe Dunkelheit hinein und wußte, daß die Meldung des Liftboys nicht auf die leichte Schulter genommen werden durfte. Eine verdunkelte Wohnung und eine unverschlossene Wohnungstür bedeuteten Ungewöhnliches. Er fand einen Schalter und knipste das Licht an.

Er fand die Frau auf halbem Weg zwischen Wohn- und Schlafzimmer. Sie mußte gerade versucht haben, ihrem Angreifer zu entkommen, als die Kugel sie im Kreuz getroffen hatte. Jake beugte sich über sie und korrigierte seinen ersten Eindruck. Nicht eine Kugel. Drei. Die Frau war von gedrungener Statur, der matronenhafte Typ, und das leichte Negligé, das sie anhatte, kam ihm angesichts dieses korpulenten Körpers ein wenig unpassend vor. Ihr Gesicht, das schwer auf dem dicken Flor des Fußbodenteppichs ruhte, war grotesk verzerrt. Eine Schönheit war sie nicht, soviel stand fest. Jake sah auf die Frau hinab und fragte sich, wie Thornton Kelly mit seiner glatten, gutaussehenden Erscheinung und all den Attributen des Geldes und der Macht eine so reizlose Frau haben konnte. Denn sie war seine Frau, daran gab es gar keinen Zweifel. Und auch an etwas anderem gab es keinerlei Zweifel: Sie war tot.

Selbst während der Zeit, als Jake noch auf den Straßen herumlatschte, hatte es keinen so vielversprechenden Fall gegeben. Thornton Kellys Frau! Er konnte schon das aufgeregte Geschnatter der Reporter hören, sich sein eigenes grimmiges Gesicht auf den Titelseiten vorstellen…

Er richtete sich auf und ging ins Schlafzimmer. Der Raum war in wüster Unordnung, eine Bühne menschlicher Gewalttaten… Da hörte er ein Geräusch, das nicht in die Wohnung einer toten Frau gehörte, und blieb angespannt lauschend vor der einzig vorhandenen, verschlossenen Tür stehen. Da atmete jemand. Kein Zweifel.

Vorsichtig zog er seinen Dienstrevolver. Dann packte er den Knauf und riß die Tür auf. Jetzt hatte er ein vom Fußboden bis zur Decke rosa gekacheltes Bad vor sich und die zitternde Gestalt eines Mannes, der ihn ansah und an dem alles stimmte, sowohl der schuldige Blick als auch die Tatwaffe.

»Bitte«, stieß der Mann sinnlos und schluchzend hervor, »bitte, bitte...«

»Schon gut, legen Sie sie hin«, sagte Jake ruhig. Die automatische Pistole fiel zu Boden. »Jetzt machen Sie mal diese Taschen da leer«, fuhr Jake fort und sah zu, wie der Mann bunt glitzernde Schmuckstücke hervorholte und wie funkelnden Regen aus seinen Fingern gleiten ließ. Jake hob alles auf, wobei er mit der Pistole besonders vorsichtig umging.

»Habgierig geworden, was?« knurrte er. »Konnten einfach nicht abhauen, ohne sich vorher noch das zu holen, weswegen Sie hergekommen waren...«

»Ich wollte das nicht«, schluchzte der Mann. »So wahr mir Gott helfe, ich wollte nicht...«

»Klar, es war ein Unfall«, sagte Jake grob. Er trat ein paar Schritte zurück und fand den winzigen, geriffelten Schalter einer Tischlampe. Er schob den Schirm zurück, so daß das volle Licht auf den Mann fiel, und sah ihn sich dann genauer an. Er war mittelgroß, hatte ein zerfurchtes, sorgenvolles Gesicht und vorstehende Zähne. Er trug einen ordentlichen grauen Anzug und eine Kappe mit ledernem Schirm. »Was sind Sie, Chauffeur oder so was?«

»Taxifahrer«, würgte der Mann hervor.

»Wie heißen Sie?«

»Briggs. Harry Briggs.«

»Sie sind hier eingebrochen, um sich diesen Schmuck zu holen, wie?«

Wieder schluckte der Mann. »J…ja. Ich dachte, es wäre niemand da. Ich dachte, ich könnte mir einfach ein paar Sachen holen und wieder gehen. Als sie mich sah, fing sie an zu schreien, und da…« Er bedeckte sein Gesicht mit den Händen. »Sie müssen mir eine Chance geben! Ich habe Probleme, Familienprobleme. Meine Frau ist krank. Ich hätte das nie getan, wenn das nicht…«

Er redete, flehte weiter. Er hatte nichts Neues oder Originelles zu sagen, aber das war auch belanglos, denn Jake Boze hörte ihm gar nicht zu. Jake Boze stand nur da, den Revolver in der Hand, und sein Verstand arbeitete. Jake dachte über etwas weitaus Wichtigeres als den schlotternden Taxifahrer und seine Leidensgeschichte oder die dicke alte Dame nach, die tot und langsam erkaltend draußen auf dem Fußbodenteppich der Penthausdiele lag. Jake dachte an frühere Zeiten, als ihm eine Entdeckung wie diese hier zu all dem Ruhm und der öffentlichen Aufmerksamkeit verholfen hätte, auf die er so scharf war. Aber jetzt lagen die Dinge anders – jetzt hungerte er nach einem ganz anders gearteten Ansehen…

»Bitte, Mister, bitte«, sagte Harry Briggs.

»Halten Sie den Mund!«

Jake sah sich um und setzte sich dann auf einen kleinen, mit blauem Samt bezogenen Hocker. Er machte eine Geste mit dem Revolver und sagte: »Setzen Sie sich.«

Briggs setzte sich, und Jake sah ihn fast gleichgültig an, da ihn noch immer die faszinierende Idee beschäftigte, die ihm vor kurzem gekommen war.

»Sie sagen, Ihre Frau ist krank?« fragte er im Plauderton.

»Ich sagte Ihnen doch...«

»Und deshalb haben Sie versucht, diese Wohnung auszurauben, ja? Weil Sie die Piepen brauchen?«

»Ja.«

»Mal angenommen, ich wollte Ihnen eine Chance geben«, sagte Jake. »Wären Sie an einem Geschäft interessiert?«

Der Kehle des Mannes entrang sich ein unverständlicher Laut, und Hoffnung erhellte sein Gesicht.

»Nur keine Aufregung«, sagte Jake schroff. »Ich lasse Sie nicht laufen. Ich bin Polizist und kann Ihnen einen Mord nicht durchgehen lassen. Wovon ich rede, ist Geld. Darauf waren Sie doch aus, nicht wahr?«

Briggs nickte stumm.

»Angenommen, ich lasse Sie den Job, den Sie angefangen haben, zu Ende bringen. Angenommen, ich lasse zu, daß Sie mit dem Schmuck der alten Dame einen ordentlichen Batzen Geld machen. Das würde doch Ihrer Familie weiterhelfen, oder nicht?«

»Ich... verstehe nicht.«

»Ich denke daran, Sie laufenzulassen«, sagte Jake ruhig. »Nur für ein paar Stunden. Damit Sie den Schmuck nehmen und ihn verkaufen können. Dann ist Ihre Frau versorgt, wenn ich später auftauche und Sie festnehme.«

»Später?«

»Jawohl, später.« Jake sah auf die Uhr. »Es ist gerade Mitternacht durch. Ich werde Sie in vierundzwanzig Stunden … na ja, sagen wir morgen früh um acht … aufsammeln, und Sie versuchen besser nicht, sich aus dem Staub zu machen. Ich lasse Sie scharf überwachen, und bei der ersten falschen Bewegung kriege ich Sie so schnell dran, daß Sie gar nicht wissen, wie Ihnen geschieht. Und ich würde auch dafür sorgen, daß wir jeden Cent wiederkriegen, verstanden?«

Briggs sperrte den Mund auf und blickte ungläubig drein. Jake stand auf und trat mit ausgestreckter Hand zu ihm. »Geben Sie mir Ihre Brieftasche«, sagte er. Der Mörder gehorchte, und der Kommissar zog den Ausweis und alle sonstigen Papiere heraus, so daß sie nur noch ein paar Dollarscheine enthielt. Dann gab er Briggs die Brieftasche zurück.

»Aber wieso?« fragte der Taxifahrer verwirrt. »Warum tun Sie das?«

»Vielleicht, weil ich einfach ein netter Kerl bin«, sagte Jake Boze. »Jetzt lassen Sie uns alles noch mal durchgehen, damit es keine Mißverständnisse gibt. Und dann müssen Sie raus aus dem Haus, bevor jemand Verdacht schöpft.« Er beugte sich hinab und brachte sein Gesicht dicht an das seines Gefangenen. »Und vergessen Sie nicht, Briggs, Sie haben vierundzwanzig Stunden in Freiheit, aber dann schnappe ich Sie mir. Ich hoffe, Sie haben verstanden.«

»Ja«, sagte Briggs, »hab ich.«

Zehn Minuten später nahm Jake Boze, jetzt allein in der Dachterrassenwohnung, den Telefonhörer ab. Er wählte die Nummer des Reviers und sagte: »Mitchell? Hier Lieutenant Boze. Schicken Sie mal die Jungs zur East 83rd Street, ins Penthaus. Da hat's einen Mord gegeben.«

Es war ein schönes Gefühl, wieder im Licht der Scheinwerfer zu stehen. Jake hatte fast schon vergessen, wieviel Wärme die neugierigen Gesichter der Presseleute und das heiße Zucken der Blitzlichter zu erzeugen vermochten. Selbst die warnenden Blicke Captain Eastmans, die ihn mahnten, nicht zuviel zu sagen, konnten das gute Gefühl nicht beeinträchtigen, das Jakes massigen Körper erfüllte.

»Genug, Jungs, hört endlich auf«, knurrte Eastman. »Wir haben euch alles gesagt, was wir wissen. Mrs. Kelly wurde gestern abend um zehn von dem Ausfahrer eines Spirituosengeschäfts zum letzten Mal lebend gesehen. Sie wurde dann um Mitternacht von Lieutenant Boze hier entdeckt, nachdem einer der Fahrstuhlführer Pistolenschüsse gemeldet hatte. Die Mordwaffe ist eine fünfundvierziger Automatik. Mrs. Kellys Schmuck wurde gestohlen, es sieht also nach Raub aus. Thornton Kelly kommt heute abend mit dem Flugzeug zurück, und Sie müssen sich halt gedulden, bis es was Neues gibt. Machen wir Schluß für heute, ja?«

Die Reporter zögerten – die Story war titelseitenwürdig, und sie erhofften sich mehr als die bei Mordfällen übliche Verlautbarung. Sie blickten alle auf Jake, und Jake sagte: »Okay, Jungs, ihr bekommt ein Statement.«

Eastman sah ihn scharf an, aber Jake scherte sich nicht darum.

»Sie können folgendes schreiben«, sagte Jake und befeuchtete sich für die Kameras die Lippen. »Ich werde den Mörder morgen früh festnehmen. Morgen früh um acht Uhr.«

Wenn Jake seine Dienstwaffe gezogen und in die Menge gefeuert hätte, hätte er kaum eine größere Erregung auslösen können. Der Tumult, der jetzt entstand, übertönte glücklicherweise Eastmans Wutausbruch – der Captain zeterte hilflos, und seine zornigen Ausrufe blieben ungehört. Er versuchte, Jake Boze wegzuzerren, aber er war nicht stark genug, um das Tauziehen gegen ein Dutzend wild entschlossene Reporter zu gewinnen. Jake befreite sich jedoch mit einem Grinsen selbst und folgte dem spießrutenlaufenden Captain hinaus auf die Straße, wo ihr Streifenwagen auf sie wartete.

Jake wußte, daß Eastmans Zorn über ihn hereinbrechen würde, sobald sie im Wagen allein waren, aber das machte ihm nichts aus. Das war ihm der Augenblick wert gewesen. Und er hatte ja auch noch einen sehr viel schöneren vor sich…

»Das ist das tollste Ding, das mir je untergekommen ist!« brach es aus dem Captain hervor. »Sie haben vielleicht Nerven, Boze!«

»Beruhigen Sie sich, Captain«, sagte Jake lächelnd. »Ich weiß, was ich tue.«

»Ich sollte Sie dafür drankriegen! Dafür sorgen, daß Sie Ihre Dienstmarke abgeben müssen.«

»Das würde aber nicht so gut aussehen, oder? Wo ich doch versprochen habe, den Mörder der alten Dame zu schnappen?«

Eastman fehlten die Worte, um seiner Entrüstung Ausdruck zu verleihen. Er wartete, bis er sich wieder etwas beruhigt hatte, und fing dann an zu stöhnen. »Sehen Sie denn nicht, was Sie da angerichtet haben? Sie haben die ganze Abteilung zur Zielscheibe der Presse gemacht! Kelly ist ein bedeutender Mann, das wissen Sie doch. Die Presse wird die

Geschichte ausschlachten und zusehen, daß sie jeden Cent aus den Lesern rausholt, den sie kriegen kann. Und Sie mußten sich hinstellen und so ein blödsinniges Statement abgeben! Was ist bloß in Sie gefahren, Jake?«

»Woher wissen Sie denn, daß ich's nicht doch schaffe, Captain? Ich bin schon sehr lange bei der Polizei, vielleicht kann ich den Mörder wirklich abliefern? Schon mal daran gedacht?«

»Gut, vielleicht werden wir Glück haben, vielleicht aber auch nicht. Ein Fall wie dieser kann sich Monate hinziehen, bis wir endlich eine Chance kriegen. Man kann da einfach keine festen Zusagen machen!«

»Hab ich aber, Captain.« Jake machte es sich auf dem Sitz bequem. »Also finden Sie sich lieber damit ab.«

Eastman ächzte und verbarg das Gesicht in den Händen.

»Morgen acht Uhr«, murmelte er. »Womit habe ich das alles nur verdient?«

Als seine Schicht schließlich beendet war, war Jake immer noch in Hochstimmung. Bevor er nach Hause ging, kaufte er sich am Kiosk um die Ecke die Spätausgabe der Tageszeitung. Sein Gesicht sah ihn aus einer Ecke der Titelseite an. Ihm gefiel, wie er aussah, und ihm gefiel auch, was da über ihn geschrieben stand.

In seiner Wohnung angekommen, ging er zum Telefon und rief Harry Briggs an. Eine Frau mit müder Stimme war am Apparat. Eine Sekunde lang verspürte er den Anflug eines Zweifels. Aber dann meldete sich Briggs.

»Hier Lieutenant Boze. Wollte nur mal hören, wie alles so läuft.«

»Alles in Ordnung«, sagte Briggs in hohlem Flüsterton. »Ich bin soweit, wann immer es Ihnen recht ist.«

»Ich komme morgen früh. Ich möchte Ihnen allerdings heute abend noch etwas zurückgeben. Ihre Pistole. Ich möchte, daß Sie sie irgendwo in Ihrer Wohnung verwahren, wo ich sie schnell finden kann.«

»Ich verstehe nicht.«

»Das macht nichts. Ich bringe sie Ihnen noch heute abend. Ich möchte, daß sie irgendwo rumliegt, wo ich sie finden kann. Haben Sie das Geld bekommen? Für den Schmuck?«

»Ja, hab ich.«

»Wir treffen uns am besten irgendwo bei Ihnen in der Nähe. In einer Kneipe oder so. Gibt's da bei Ihnen eine?«

»Ja, an der Ecke der St. Joseph Street.«

»Okay, ich werde um zehn dort sein. Und, Briggs...«

»Ja?«

»Nicht vergessen! Sie haben mich noch nie gesehen, und ich Sie nicht. Und haben Sie morgen die Pistole parat... tun Sie sie in die oberste Schublade der Schlafzimmerkommode, wo ich sofort die Hand drauf legen kann. Und versuchen Sie bloß nicht, ein ganz Schlauer zu sein. Wenn doch, dann hänge ich Ihnen nicht nur den Raubmord an, sondern sorge auch dafür, daß Ihre Frau nicht einen müden Cent von dem Geld kriegt. Verstanden?«

»Ja, Lieutenant.«

»Schön«, sagte Jake fröhlich und legte auf.

In jener Nacht schlief Jake sehr gut – er brauchte keine rosaroten Traumsequenzen, um sich glücklich zu fühlen. Am Morgen wachte er erfrischt und so hungrig auf, daß er sich ein Rührei aus fünf Eiern machen mußte, um seinen Hunger zu stillen. Als er mit dem Frühstück fertig war, sah er zur Küchenuhr. Es war halb sieben. Noch anderthalb Stunden, und er würde für seine Ankündigung geradestehen müssen. Er war bereit.

Jake rasierte sich sorgfältig und benutzte ein Übermaß an Talkumpuder, um das Glänzen seiner Haut zu verringern. Er zog seinen besten Anzug an, den blauen, ein frisches Hemd und den Schlips, den Captain Eastman ihm vergangenes Weihnachten geschenkt hatte. Er wollte auf den Fotos, die garantiert gemacht werden würden, gut aussehen.

Dann fuhr er in die Stadt.

Natürlich waren scharenweise Reporter da, und als er ihre spaßhaften Begrüßungen hörte, wußte er, daß sie nicht mit einem Erfolg rechneten. Er grinste und winkte ihnen ungezwungen zu, aber als sie ihn um ein Statement baten, sagte er kein Wort. Er ging in Eastmans Büro.

»Bin wirklich überrascht, daß Sie sich heute hertrauen«, knurrte der Captain. »Die ganze Meute ist draußen und wartet nur drauf, daß wir auf die Fresse fallen.«

»Ich hab sie schon gesehen«, sagte Jake unbeschwert. »Aber wir werden die Leutchen nicht enttäuschen, Captain. Ich weiß, wer die Frau von Thornton Kelly umgebracht hat.«

»Also, Jake, jetzt hören Sie mal…«

»Ich sage Ihnen, ich weiß es. Es war ein Taxifahrer mit Namen Harry Briggs. Er wohnt in der Bronx, ich habe seine Adresse hier in meiner Tasche. Bestellen Sie uns einen Wagen, dann fahren wir hin und holen ihn uns.«

»Taxifahrer? Woher wissen Sie das?«

»Glauben Sie mir, Captain, das ist der Junge. Wir ertappen ihn praktisch auf frischer Tat. Es würde mich nicht mal überraschen, wenn wir sogar die Tatwaffe in seiner Wohnung fänden.«

Eastman schüttelte den Kopf. »Ich kapier's nicht, Jake. Wie kommen Sie bloß drauf, daß er es ist? Wo sind Ihre Beweise?«

»Nennen Sie's einen Tip. Nennen Sie's, wie Sie wollen, Captain. Aber was soll's? Ich kann Ihnen den Mörder sauber verpackt liefern, und das ist alles, was zählt. In Ordnung?«

»Okay«, sagte Eastman und seufzte. »Für diese Bestattung tragen Sie die Verantwortung, Jake. Ich hoffe nur, daß Sie nicht gleich die ganze Abteilung mit unter die Erde bringen.«

Er griff zum Telefonhörer.

Sie saßen zu viert in dem Streifenwagen – Jake Boze, Captain Eastman und die Polizisten Mitchell und Hogan. Aber vor dem Sandsteinhaus in der Bronx, in dem Harry Briggs mit seiner kranken Frau wohnte, trafen weit mehr als nur vier Personen ein. Ein ganzer Konvoi von Taxis voller Reporter hatte sich wie ein Rudel hungriger Wölfe an ihre Fersen geheftet, und sie konnten nichts anderes tun, als den Presseleuten zu sagen, daß sie Abstand halten sollten.

Jake Boze klopfte laut an die Wohnungstür der Briggs, und eine Frau in einem orientalisch wirkenden Morgenrock öffnete. Sie war blaß und hatte verquollene Augen – sie sah krank aus, gut, aber Jake hatte den Verdacht, daß die Symptome eher auf ein alkoholisches Leiden hinwiesen. Er nahm den Hut ab und sagte, wer er war. Sie zog sich, während sie krampfhaft ihren Morgenrock zusammenhielt, zurück, denn nun kam Harry Briggs herbei, um sich seinem Schicksal zu stellen.

»Harry Briggs?« fragte Jake forsch. »Ich bin Lieutenant Boze von der Mordkommission. Ich nehme Sie hiermit wegen Mordverdachts vorläufig fest...«

Briggs' Mund zuckte, aber er sagte nichts.

»Es ist meine Pflicht, Sie darauf hinzuweisen«, sagte Jake ganz professionell, »daß alles, was Sie sagen, festgehalten und gegen Sie verwendet werden kann. Erlauben Sie uns, Ihre Wohnung zu durchsuchen, oder müssen wir erst einen Durchsuchungsbefehl beschaffen?« Er fühlte sich versucht, Briggs zuzuzwinkern, tat es aber nicht. Briggs nickte nur benommen, und Jake marschierte in das eheliche Schlafzimmer, dicht gefolgt von Mitchell.

Jake ließ sich Zeit, um nicht zu früh zur richtigen Schublade des richtigen Möbelstücks zu kommen. Es mußte ja alles echt aussehen, zumal Mitchell ihm mit großen Augen zusah. Er verlängerte seine Sucherei, zog Schranktüren auf und kippte Papierkörbe um. Endlich zog er die unterste Schublade der Nußbaumkommode auf und langte nach der Pistole, die dem Leben der Mrs. Thornton Kelly ein Ende gemacht hatte. Sie war nicht da.

In den folgenden fünf äußerst geschäftigen Minuten überkam ihn noch keine Panik. Er kramte weiter zwischen den verschiedenen Sachen in der Schublade herum und unterzog dann den Rest der Kommode einer gründlichen Untersuchung. Aber noch während er suchte, wußte er schon, daß er geleimt worden war. Die Pistole war fort.

Er ging ins Wohnzimmer hinüber, und sein Gesicht war dunkel angelaufen.

»Okay, Briggs, wo ist die Pistole? Was haben Sie damit gemacht?«

»Pistole?« fragte Briggs unschuldig. »Ich weiß gar nicht, wovon Sie reden...«

»Wo ist sie?«

»Aber ich hab doch gar keine Pistole. Hab nie eine gehabt.«

Jake ging auf ihn los wie ein Puma, seine Hände waren Raubtierpranken, die sich um den Hals des Mannes krallten. Er merkte nicht einmal, daß Eastman ihn von seinem Opfer fortzuzerren versuchte. So sehr war er auf seinen Plan fixiert, so blind vor Zorn über den Verrat. »Wo ist sie?« rief er. »Was haben Sie damit gemacht?«

»Boze!« schrie Eastman. »Lassen Sie ihn los!«

»Damit kommen Sie nicht durch! Ich habe Ihnen ja gesagt...«

»Bitte, Captain...« Es war der Streifenbeamte Hogan, der von der Tür her winkte. »Kann ich Sie mal kurz sprechen?«

»Was ist los?« fragte Eastman barsch zurück.

»Einer der Reporter hat Thornton Kelly zu fassen gekriegt. Er ist unten...«

»Na und?«

Der Polizist beugte sich vor und flüsterte Eastman etwas ins Ohr. Der Captain wurde bleich und sagte: »Okay, schicken Sie ihn rauf.«

Jake kam nicht ein zweites Mal an Briggs ran. Eastman hielt die beiden getrennt, bis Hogan in Begleitung eines sonnengebräunten, schwergewichtigen Mannes im Kamelhaarmantel zurückkehrte. Es fiel nicht schwer, in diesem Mann Thornton Kelly zu erkennen. Sein Bild war weitaus öfter in der Zeitung zu sehen gewesen als das von Jake Boze.

Eastman sagte: »Mr. Kelly? Irgend jemand hat mir berichtet, daß Sie diesen Mann hier, diesen Harry Briggs, kennen. Stimmt das?«

»Ja«, sagte Kelly, »ich kenne ihn.«

»Wollen Sie uns sagen, woher?«

»Er ist Taxifahrer. Er hat mich schon oft von zu Hause abgeholt. Ich bin so eine Art Stammkunde von ihm.«

»Er hat Ihre Frau umgebracht«, sagte Boze dumpf. »Das ist der Kerl, der's getan hat.«

Thornton Kelly machte ein erstauntes Gesicht, langte dann in seine Tasche und zog ein schmales goldenes Zigarettenetui hervor. Dann sagte er: »Das ist nicht möglich.«

»Nicht möglich?« explodierte Jake. »Es ist aber so!«

»Ich fürchte, Sie irren sich, Lieutenant.« Kelly steckte eine Zigarette in eine schwarze Spitze. »Dieser Mann kann meine Frau nicht umgebracht haben. Sue wurde um zehn Uhr zum letzten Mal gesehen, war's nicht so? Und ihre Leiche wurde gegen Mitternacht gefunden.«

»Ja.«

»Tja, Briggs war von neun bis lange nach Mitternacht mit mir zusammen. Bis zehn hat er mich in der Stadt rumgefahren und mich dann zum Flughafen hinausgebracht. Er kann dem Haus, in dem ich wohne, unmöglich auch nur nahegekommen sein. Verstehen Sie?« Er deutete ein Achselzucken an – es gab keine Alternative.

Jake Boze starrte vor sich hin und sagte keinen Ton. Er sah den Rauch, der sich vor dem sonnengebräunten Gesicht Kellys kräuselte und in die Höhe stieg, und sah dann den Blick der Erleichterung in Harry Briggs' Augen, das leise, befriedigte Lächeln auf seinem Gesicht. Jake sah immer wieder von dem einen zum anderen und erkannte plötzlich, daß der Raub nicht das eigentliche Motiv für den Tod der Mrs. Thornton Kelly gewesen war. Er wußte es und konnte doch nichts sagen, es sei denn, er hätte gewollt, daß die Geschichte von seinen eigenen dunklen Machenschaften bekannt geworden wäre...

»Tut mir leid«, sagte Jake mit rauher Stimme. »Ich habe da einen Fehler begangen. Einen bösen Fehler.«

Und dann ging er hinaus, um sich den Reportern zu stellen. Das Foto von ihm, das in den Nachmittagsausgaben erschien, war nicht gerade schmeichelhaft.

Das Museum

Ich habe sie im vergangenen Monat in Paris gesehen«, sagte Stearman, »und da sah sie verändert aus. Nicht mehr dasselbe alte Mädchen. Ich dachte erst, es läge vielleicht an mir, an meinen Augen oder dem kleinen Tröpfchen Muskateller zum Frühstück. Was, nie Cornflakes mit Wein gegessen? Übrigens, wie alt sind Sie eigentlich?«

Die junge Frau in dem schwarzen Kleid lächelte, aber man konnte ihr anmerken, daß sie nicht sehr glücklich darüber war, in einem Winkel der Galerie festzusitzen, von der Whiskyfahne Stearmans aufgespießt. Mason kannte die junge Frau nicht, aber er gab diesen Empfang, und deshalb war es auch seine Aufgabe, sie zu retten. Er entzog sich den beiden bärtigen, über Claes Oldenberg debattierenden Herren und klopfte seinem Freund auf die Schulter.

»Das sieht dir ähnlich, Stearman! Du willst mal wieder die schönste Frau im ganzen Raum für dich allein haben.« Er lächelte die junge Frau an, die etwas von ihrer Freundin murmelte und unter Stearmans Arm hindurchtauchte, mit dem er ihr den Weg versperrt hatte. Stearman, dessen Gesicht gerötet und aufgedunsen war, blinzelte Mason an, dem es einen Stich gab, als ihm plötzlich wieder einfiel, daß sie beide gleichaltrig waren.

»Es ist wirklich wahr«, sagte Stearman, als sei Mason an

der Unterhaltung beteiligt gewesen, »Mrs. Gheraldini sah ganz anders aus. Niemand hat es bemerkt, aber du weißt ja, Mason, ich bin Stammkunde bei ihr.«

Mason stellte den Zusammenhang her. »Lisa Gheraldini. Mona Lisa.« Er wußte von Stearmans besessener Liebe zu diesem Bild. Darüber hatte sogar mal ein Artikel in den *Art News* gestanden: »Schon zwölfhundert Besuche bei der Mona Lisa!«

»Weißt du, was ich glaube?« Stearman tippte auf Masons Brustbein. »Ich glaube, jemand hat's geklaut. Ich glaube, sie haben einfach eine verdammt gute Kopie hingehängt. Niemand kann mir erzählen, daß das der echte da Vinci ist. He, warum gehst du dem nicht mal nach, Mason? Das ist doch dein Gebiet, oder nicht?«

»Nicht mehr«, sagte Mason Graves. »Ich habe mich niedergelassen, oder ist dir das etwa entgangen?« Er blickte sich wie zur Bestätigung seiner Aussage in der kleinen Galerie um. Es waren jetzt nur noch drei Menschen im Raum, und auch sie schienen gehen zu wollen. Im ganzen mochten es wohl kaum mehr als ein Dutzend Besucher gewesen sein – bei dieser für November so ungewöhnlichen, drückenden Hitze gingen die Leute einfach nicht gerne aus. Möglicherweise lag es aber auch an dem Künstler, den er gerade ausstellte. Der Mann hatte sich selbst als Neo-Realisten bezeichnet, was gleichbedeutend mit häßlicher Porträtmalerei zu sein schien. Jedenfalls war bisher nur ein einziges Bild verkauft worden.

»Da muß jemand etwas unternehmen«, sagte Stearman. »Ich habe schon an den Louvre geschrieben, sie auf die Auswechslung aufmerksam gemacht. In ihrer Antwort meinten sie, ich täuschte mich. Was sollen sie auch anderes sagen? Aber ich täusche mich nicht. Ich kenne mein Baby. Das war sie nicht, mein Guter. Ganz bestimmt nicht.«

Mason schloß seine Galerie um Mitternacht und ging nach Hause. Er hatte eine Atelierwohnung gemietet, die nur drei Straßenzüge entfernt lag. Sein Anrufbeantworter blinkerte, und er ahnte schon, wer die ersten beiden Nachrichten hinterlassen hatte. Die eine stammte von dem Künstler, der sich über den schwachen Besuch der Vernissage erregte. Und dann hatte seine Exfrau angerufen, die Geld brauchte. Die dritte Nachricht war von Bodo Schieffer, dem stellvertretenden Kurator des Kunsthistorischen Museums in Wien.

Mason überlegte es sich am folgenden Vormittag zweimal, ob er den Anruf aus Wien beantworten sollte oder nicht. Er mußte sein Geld zusammenhalten, und es überkamen ihn allmählich Zweifel an seinen jüngsten Investitionen. Aber er hatte Bodo schon seit fünf oder sechs Jahren nicht mehr gesehen – oder wann immer es gewesen war, als er den vermißten Brueghel in der museumseigenen Werkstatt wiedergefunden hatte. Mason berücksichtigte die sechs Stunden Zeitdifferenz und erreichte Bodo, gerade, als das Museum schloß. Bodo legte aufgeregt auf deutsch los, bis ihn Mason an das Sprachenproblem erinnerte. Daraufhin sagte Bodo in vorzüglichem Englisch: »Sehen Sie meine Mitteilung bitte als vertraulich an, Mason. Vielleicht ist es ja nur wieder so ein alberner Fall von hausinternem Durcheinander, wie damals bei dem Brueghel, wenngleich ich das bezweifle. Der Cellini befand sich in einer Vitrine mit Panzerglas, und das Schloß war aufgebrochen.«

»Der Cellini! Sie wollen sagen, der ist weg?«

»Ja. Der hübsche silberne Pfefferstreuer mit den Figuren. Ich vermag nicht zu sagen, wie lange er schon fehlt. Wir haben nicht so oft Inventur gemacht, jedenfalls nicht, bevor das Verschwinden dieses Stücks entdeckt wurde.« Er beantwortete Masons Fragen voller Ungeduld. »Ja, ja, natürlich haben wir die Polizei informiert, die Direktoren haben Gott und die Welt verständigt, aber ich bin der einzige, der daran gedacht hat, Sie anzurufen. Deshalb dürfen Sie mich jetzt nicht enttäuschen!«

Mason erklärte, daß er kein Ermittler mehr, sondern inzwischen rechtmäßiger Besitzer einer Galerie sei, und er hätte noch viele weitere Entschuldigungsgründe angeführt, wenn Bodo nicht eine fünfstellige Summe ins Gespräch hätte einfließen lassen. Auf die Frage, ob das Geld im Falle eines Mißerfolges rückzuvergüten sei, antwortete Bodo mit einem klaren »Nein«.

Stearmans Rückkehr aus Europa erwies sich als wahres Geschenk des Himmels. Mason fragte seinen Freund, ob er für zwei Wochen die Leitung der Galerie übernehmen wolle, und Stearman war hocherfreut. Er machte lediglich zur Bedingung, daß Mason mal bei seiner geliebten Madonna »vorbeischaue«.

Stearman fuhr ihn zum Flughafen hinaus. Mason bedauerte es, diese Gefälligkeit in Anspruch genommen zu haben, als sein Freund die üblichen Klagen über die Frustrationen ihres Berufes anstimmte.

»Leute wie wir werden nie glücklich«, sagte er. »Wir lieben die Kunst. Wir leben für sie. Aber wir sind keine Künstler, und was wir auf dem Gebiet der Kunst auch tun, nichts kann unseren Hunger stillen. Die Kunst ist wie eine wunderschöne Geliebte, die uns nicht in ihr Boudoir läßt...«

»Verpaß die Ausfahrt nicht«, sagte Mason.

An Bord des Flugzeugs gelang es ihm, die Aufmerksamkeit einer Stewardeß, die die Morgenzeitungen im Arm hielt, auf sich zu ziehen. Er ließ sich die *Times* geben, breitete sie auf seinem Schoß aus und überflog die Schlagzeilen. Die Artikel auf der Titelseite befaßten sich mit irgendeinem Skandal im Senat, mit dem kurz bevorstehenden Start einer Raumstation, mit der Hitzewelle und mit dem politischen Stillstand im Nahen Osten. Aber nur eine Schlagzeile fand sein ungeteiltes Interesse: »UNBEZAHLBARES GEMÄLDE AUS MET VERSCHWUNDEN.« Darunter stand: »Vermeers ›Junge Frau mit Wasserkanne‹ offensichtlich von Dieben entwendet.«

Der Bericht nahm ihn derart gefangen, daß er den Start der Maschine gar nicht mitbekam – für einen Passagier mit um die Armlehnen gekrampften Händen ein wahrer Segen. Wenn man die Größe des Metropolitan Museum bedachte, hatte es dort bislang überraschend wenige Diebstähle gegeben. Und wie es ein noch so cleverer Kunsträuber schaffen konnte, mit einem derart seltenen und berühmten Gemälde dort herauszukommen, war einfach nicht zu begreifen.

Mason dachte fast während des ganzen Überseefluges an den Vermeer und machte sich Vorwürfe, daß er dem Problem, das zu lösen er bezahlt wurde, keine größere Aufmerksamkeit geschenkt hatte. Natürlich war die ›Junge Frau mit Wasserkanne‹ so gut wie unverkäuflich, weshalb man wohl eher mit einer Lösegeldforderung rechnen mußte. Es sei denn, die Tat wäre die eines Verrückten oder eines Spinners – so wie beispielsweise im Fall des Vincenzo Perugia, der 1908 die Mona Lisa nur geraubt hatte, um sie seinem Heimatland Italien zurückzugeben.

›Mona Lisa. Sie war einfach nicht mehr dasselbe alte Mädchen...‹

Er brachte Stearmans Stimme in seinem Kopf zum Schweigen und bat um einen Drink. Als die Stewardeß ihn brachte, war Mason bereits eingeschlafen.

Wien gehörte nicht zu seinen Lieblingsstädten. Er wußte zwar, daß sich hinter den kalten Fassaden der Paläste Esterhazy und Auersperg etwas Barock-Malerisches verbarg und die Stadt voller Musik war, aber alles, was er je von ihr zu sehen bekommen hatte, war das Innere des Kunstmuseums und des Hilton mit seiner Anhäufung von Art nouveau und Art deco gewesen – letzteres für einen Mann mit einer Vorliebe für die Renaissance nicht gerade eine ersprießliche Umgebung. Aber die Klimaanlage funktionierte, und dafür war er dankbar, denn die Hitzewelle hatte auch Europa erfaßt.

Am Morgen nach seiner Ankunft traf er mit Bodo Schieffer und zwei der Direktoren des Museums zusammen. Sie waren sich alle vier in einem Punkt einig: Das Ding hatten keine Insider gedreht. Der einzige Wärter, der hätte zulassen können, daß jemand den Streuer von Cellini davontrug, arbeitete nun schon seit fast zwei Jahrzehnten für das Kunsthistorische Museum. Er hatte weinend darum gebeten, ihn zum Nachweis seiner Unschuld einen Lügendetektor-Test machen zu lassen. Es konnte auch niemand das Stück im Museum versteckt haben, um es erst später herauszuholen. Sie hatten jeden Winkel des Gebäudes gründlich durchsucht. Und wer war zuletzt in der Nähe des Cellini gesehen worden? Ein Mann von tadellosem Ruf, nämlich Hugh Barrows von der National Gallery in London. Mason hörte den leidenschaftlichen Plädoyers der Museumsleute zu und registrierte ironisch, daß sie den Diebstahl, da undurchführbar, in gewisser Weise als gar nicht begangen ansahen. Aber das aufgebrochene Schloß und die leere Vitrine ließen sich nun einmal nicht leugnen.

»Liefern Sie uns eine Theorie«, bat Bodo. »Irgendeine, Mason!«

»Schön«, sagte dieser entgegenkommend. »Zunächst einmal ist das Schloß wahrscheinlich schon lange vor dem Diebstahl geknackt worden, Stunden oder sogar Tage davor.«

»Aber warum?« fragte einer der Direktoren auf deutsch.

»Weil der Dieb, wäre er bei diesem Tun beobachtet worden, hätte behaupten können, daß es ein Mißgeschick gewesen sei. Verdächtig, aber nicht verdächtig genug, um eine Festnahme zu rechtfertigen.«

»Aber niemand hat das aufgebrochene Schloß bemerkt.«

»Man macht ja nicht tagtäglich Inventur, und man überprüft auch nicht jeden Tag alle Schlösser, oder? Der Dieb wußte, daß er zu einem späteren Zeitpunkt wiederkommen und den Pfefferstreuer in einer stillen Stunde geräuschlos aus der Vitrine nehmen konnte.«

»Und wie sollte er damit an dem Wärter vorbeikommen?«

»Er hätte die Mittel dazu mitbringen können. Ein Arbeiter mit einem Werkzeugkasten, ein ›dicker‹ Mensch mit einem aufgeblasenen Ballon unter dem Mantel. Ein falscher

Regenschirm, so eine Art Golfschirm, groß genug für den Pfefferstreuer. Es gibt viele Möglichkeiten.«

Mason klopfte sich selbst beifällig auf die Schulter, weil er das Unerklärliche erklärt hatte, aber Bodo und die Direktoren schienen nicht sonderlich beeindruckt zu sein.

»Die Wärter können sich an keinen Arbeiter oder dicken Mann erinnern, und außerdem haben wir schon seit Wochen schönes Wetter!«

»Und selbst wenn es so gewesen wäre, wie Sie sagen, wie finden wir den Mann?« Diese Frage mußte übersetzt werden.

»Das weiß ich noch nicht«, antwortete Mason. »Ich habe nie behauptet, ein Sherlock Holmes mit Vergrößerungsglas zu sein. Am besten rede ich mal mit ein paar Leuten. Mit Experten, die schon an derartigen Verbrechen beteiligt waren, das heißt die schon Kunstgegenstände geraubt haben und wissen, was sich auf diesem Gebiet so tut.«

»Informanten«, sagte Bodo.

»In den Staaten nennen wir sie Spitzel.« Mason ließ unerwähnt, daß die meisten seiner Kontaktpersonen schon mindestens sechs Jahre nichts mehr von ihm gehört hatten.

Ins Hotel zurückgekehrt, schaltete er den Fernseher ein, und der Bericht von CNN International, der gerade lief, kam aus Spanien. Goyas ›Nackte Maja‹ war aus dem Prado gestohlen worden.

Mason ließ sich schwer auf die Bettkante fallen und starrte weiter auf den Bildschirm, nahm aber die nachfolgenden Berichte über Bosnien und Südafrika gar nicht mehr auf.

Es war jetzt nicht mehr möglich, das Wort ›Zufall‹ auf die

Tatsache anzuwenden, daß drei der größten Kunstwerke der Welt innerhalb von ebensovielen Tagen abhanden gekommen waren. Oder gar vier? Er griff zum Telefonhörer und rief Jean Paul Mattrey, den Herausgeber der angesehensten Kunstzeitschrift Frankreichs, an, der außerdem den Louvre beriet. Mattrey gehörte, dem Himmel sei Dank, zu seinen zweisprachigen Freunden.

»Die Mona Lisa? Sie machen Scherze, Mason.«

»Ich möchte nur Ihre Meinung hören, und das so schnell wie möglich.«

Mason schlief erst gegen drei Uhr ein, da ihm der Jetlag zu schaffen machte und sein Kopf nicht zur Ruhe kommen wollte. Das Telefon weckte ihn schließlich wieder, und er hörte Jean Paul sagen: »Die Dame hängt an ihrem Platz, Mason. Sie mögen ja die Venus haben, die Madonna haben sie jedenfalls nicht.«

»Venus? Welche Venus?«

»Das wissen Sie noch nicht?« fragte der Franzose zurück. »Gestern nacht ist die ›Venus von Urbino‹ gestohlen worden. Tizians Venus. Wir beide haben sie uns mal zusammen in den Uffizien in Florenz angeschaut. Sind Sie noch da, Mason?«

Mason zwang sich zum Sprechen. »Wie um alles in der Welt konnte denn das passieren? Ich habe noch nie an geniale Verbrecher geglaubt …«

»Dann fangen Sie auch nicht damit an«, schnaubte Mattrey verächtlich. »Das war ein höchst plumper Diebstahl. Sie haben zwei Wärter betäubt und das Gemälde am hellichten Tag rausgeschafft. Drei maskierte Männer. Vielleicht Mafiosi. Es ist Wahnsinn, Mason. Wo soll das noch enden?«

Mason brachte einen frustrierenden Vormittag mit dem Versuch zu, Werner Kempel in Berlin zu erreichen, nur um am Ende zu erfahren, daß Werner gerade erst aus dem Gefängnis entlassen worden war und sich in London aufhielt. Jedenfalls behauptete das Werners japanische Frau Miyako, die sich aber immer schützend vor ihren Mann stellte.

Nach Masons Ansicht war Werner Kempel der größte Kunsträuber der Geschichte. Werner war bei seinem kriminellen Vater in die Lehre gegangen (man kann sagen, daß er in dessen Fingerabdrücke gefaßt hatte), aber den Ausschlag für seine Spezialisierung hatte die Kunstliebe der Mutter gegeben. Werners Ideenreichtum war legendär. Mit zwölf Jahren war er im Gewand eines Chorknaben, eine unschätzbar wertvolle Madonna aus Kirschholz hoch über seinen Kopf haltend, lauthals singend mit einer Prozession aus der Kirche gezogen. Draußen auf der Straße angekommen, war er natürlich immer weitermarschiert. In etwas fortgeschrittenerem Alter war es ihm gelungen, fast zwei Dutzend berühmte Gemälde zu stehlen, zumeist aus Privatsammlungen, Kirchen oder kleinen, ungesicherten Museen. Andere Spezialisten auf diesem Gebiet hatten sich mit ihm in Verbindung gesetzt, und schon bald war er Teil jenes Netzwerkes, das noch immer bestand.

Darauf setzte Mason natürlich seine Hoffnung. Werner wußte immer, was die Beweger und Lenker der Kunstunterwelt planten. Gelegentlich, das heißt im allgemeinen dann, wenn Werner mal wieder eine Gefängnisstrafe antreten mußte und Geldsorgen hatte (er war ein fürsorglicher Familienvater und hatte vier Kinder zu ernähren), war er bereit, mit Mason Graves zu sprechen und nützliche Andeutungen über verschwundene Kunstwerke fallenzulassen. Mason konnte sich nicht vorstellen, daß ein Mann wie Werner Kempel angesichts der Bedeutung der gestohlenen Werke nichts von der jüngsten Kunstraubserie wußte.

Mason hatte einige Mühe, Miyako dazu zu überreden, ihm Werners Londoner Adresse zu geben. Sie klang nervös am Telefon, ohne ihre übliche Heiterkeit. Sie hatte jedoch Grund, Mason dankbar zu sein. Miyako fabrizierte auf Reispapier gefälschte östliche Kunstwerke, und Mason hatte sie einmal vor einer Strafverfolgung bewahrt, weil er der Ansicht gewesen war, daß ihre Werke besser seien als die Originale. Schließlich gab sie ihm Auskunft. Werner wohnte in einer Pension in Knightsbridge.

Als Mason in London ankam, herrschte dort ein so dichter Nebel, wie es ihn im guten alten England seit dem Verbot der Braunkohle nicht mehr gegeben hatte. Die warme, dampfige Luft umhüllte alles wie ein schmutziger grauer Regenmantel. Das versetzte Mason in schlechte Laune, die noch schlechter wurde, als er in der Pension anrief und erfuhr, daß Mr. Kempel nicht da sei. Mason entschied sich daraufhin für Plan B. Er begab sich zur National Gallery und versuchte, einen Termin bei Hugh Barrows zu bekommen. Zu seiner Überraschung war Mr. Barrows bereit, ihn sofort zu empfangen.

Mason hatte Barrows im Zusammenhang mit einem Sicherheitsproblem bei der Tate Gallery bereits persönlich kennengelernt, und seiner Erinnerung nach handelte es sich um einen korpulenten Mann mit einem Mondgesicht. Der Mann, den er jetzt vor sich hatte, ging gebeugt, sein Anzug war ihm zu groß, das Gesicht abgespannt und grau.

»Ich nehme an, Sie sind wegen des Cellini hier«, sagte Barrows. »Ich hätte nie gedacht, daß ich das Privileg haben würde, der letzte zu sein, der sich das Stück angeschaut hat.«

»Sie haben nicht gesehen, ob das Schloß noch intakt war?«

»Leider nein.« Barrows schwankte leicht und stützte sich mit den Fingerspitzen auf dem Schreibtisch ab.

»Geht es Ihnen nicht gut?« erkundigte sich Mason.

»Es ist diese unerträgliche Hitze«, antwortete Barrows. »Aber wie auch immer, ich kann Ihnen nicht weiterhelfen. Wir haben hier selber genug Probleme. Aber wahrscheinlich können Sie das noch gar nicht wissen, das mit dem Rembrandt.«

»Sagen Sie nicht noch ein Raub!«

»Das Selbstporträt aus der Tate Gallery. Es ist erst vor ein paar Stunden passiert, bisher weiß es noch niemand außer einem Museumswärter und mir... Ihnen ist zweifellos klar, was das bedeutet. Da ist irgendein Syndikat am Werk, das überall auf der Welt Museen beraubt, auch Privatsammler... Mir sind da Gerüchte zu Ohren gekommen. Sie können sich freuen, Graves, denn da fällt einiges an Honoraren an. Sie werden ein reicher Mann sein, noch bevor das alles zu Ende ist.«

»Ich bin nicht mehr in diesem Geschäft tätig«, sagte Mason grimmig. »Die Cellini-Geschichte ist eine Ausnahme. Aber ich glaube, Sie haben recht. Das ist ein organisiertes Unternehmen, eine Art Blitzkrieg. Aber warum? Was wollen diese Leute?«

»Ein gewaltiges Lösegeld, denke ich. Und natürlich werden wir es zahlen. Diese Leute sind entsetzlich schlau, Graves, und ich glaube nicht, daß Sie eine Chance gegen die haben. Sie haben gesagt, Sie hätten sich aus dem Geschäft zurückgezogen? Ich kann Ihnen nur den guten Rat geben, es auch dabei zu belassen.«

Barrows setzte sich. Mason schoß das Wort ›zerknittert‹ durch den Kopf. Er wollte noch weitere Fragen stellen, aber Barrows sah aus wie ein Mensch, der keine Antworten mehr geben konnte. Mason machte kehrt und ging.

Im Vorraum erhob sich der elegant gekleidete Herr so schnell von der Bank, daß ihm der Aktenkoffer vom Schoß glitt. In dem Augenblick, in dem der Mann ihn auffing, erkannte Mason Werner Kempel. Werner hatte ihn offensichtlich auch erkannt, denn der Klang seiner sich entfernenden Schritte auf dem Marmorfußboden des Korridors erinnerte an ein schnell tickendes Metronom. Mason rannte ihm nach, aber Werner erreichte vor ihm den Ausgang und hatte sich schon bald unter die Menschen draußen auf dem Trafalgar Square gemischt. Mason wußte, daß er es mit einem in Sachen Flucht erfahrenen Mann nicht aufnehmen konnte. Er winkte deshalb ein Taxi herbei und nannte dem Fahrer die Adresse von Werners Pension.

Werner kehrte erst nach drei Stunden dorthin zurück und fuhr zusammen, als Mason aus dem Dunkel trat und ihm die Hand auf die Schulter legte.

»Geht man so mit alten Freunden um?« fragte Mason.

In seinem Zimmer legte Werner wieder seinen üblichen Gleichmut an den Tag, aber Mason ließ sich nicht täuschen. Werner war bei seinem Anblick heftig erschrocken – Miyako hatte ihn also noch nicht über seine bevorstehende

Ankunft verständigen können. Und daß er den Dieb in Hugh Barrows Vorraum angetroffen hatte, bedurfte einer Erklärung.

Was Werner dazu zu sagen hatte, klang nicht überzeugend. »Ich war in Geschäften dort, Graves. Geschäfte der Art, wie wir beide sie miteinander gemacht haben. Man könnte sagen, ich bin beratend tätig.«

»In Sachen verschwundener Rembrandt?«

»Ja.«

»Barrows hat mir gesagt, von dem Rembrandt wisse noch niemand.«

»Vielleicht war's auch nicht der Rembrandt, sondern was anderes.«

»Sie sind zwar ein wunderbarer Kunsträuber, Werner, aber ein fürchterlich schlechter Lügner. Dagegen sollten Sie mal was tun.«

Werner sagte etwas auf deutsch, was offensichtlich so unfreundlich war, daß Mason sich glücklich pries, dieser Sprache nicht mächtig zu sein.

»Warum können Sie mich nicht in Ruhe lassen? Sie sagten doch mal, Sie wollten sich zurückziehen. Es muß schon drei Jahre her sein, seit wir uns zum letzten Mal gesehen haben.«

»Fünf Jahre, Werner... Wie doch die Zeit vergeht. Natürlich nicht, wenn man im Gefängnis sitzt. Ich bin sicher, daß Sie nicht so bald dorthin zurückkehren möchten, oder?«

»Warum sollte ich?«

»Und warum sollten Sie dort sitzen und auf ein Gespräch mit Hugh Barrows warten, wenn Sie nicht mit ihm über dieses verschwundene Gemälde verhandeln wollten?«

»Lassen Sie mich doch in Frieden!« rief Werner aus. »Das alles geht Sie gar nichts an. Finden Sie Ihren Cellini wieder, Graves, dafür sind Sie angeheuert worden.«

Mason war, als hätte ihm jemand mit einem kleinen Hämmerchen gegen die Stirn geschlagen. »Woher wissen Sie denn davon? Sie sind ja besser informiert als je zuvor, Werner, und das, wo Sie noch keine drei Wochen aus dem Knast raus sind!«

Mason zog seine Brieftasche heraus. »Gut, ich bin bereit, Ihnen fünftausend US-Dollar oder die entsprechende Summe in Mark, Pfund oder was immer Sie wollen zu zahlen... nein, sagen wir zehn... wenn Sie mir auch etwas Brauchbares über das Rembrandt-Bild erzählen. Ich bin sicher, daß ich dieses Geld wiederbekomme, wenn die Tate Gallery das Gemälde zurückerhält.«

Werners Gesichtsfarbe veränderte sich. Er hatte nach seiner Entlassung aus dem Gefängnis offenbar ein Bräunungsstudio aufgesucht, aber die Bräune büßte jetzt an Intensität ein.

»Dazu kann ich Ihnen nichts sagen. Ich kann nicht, Mason. Die bringen mich um.«

»Vor *denen* hatten Sie doch noch nie Angst, Werner. Wieso jetzt?«

»Weil... es nicht dieselben *die* sind.«

»Sie meinen, da sind ein paar Neue ins Spiel eingestiegen?«

»Sehr seltsame Spieler!« sagte Werner mit großen Augen. »Sie würden es nicht glauben, wenn Sie erführen, wer das ist, Mason. Und wenn Sie je dahinterkämen, würden die Sie auch umbringen, glaube ich. Für die zählt ein Menschenleben gar nichts. Tausend Menschenleben! Das haben sie mir ins Gesicht gesagt. Und doch sind es keine Verbrecher. Ich weiß nicht, was sie sind. Ich weiß auch nicht, warum sie das machen.«

»Was machen, um Himmels willen?«

Werner schien fast erleichtert zu sein, daß er wenigstens dieses dunkle Geständnis abgelegt hatte. Er stand auf und ging zu einer Kommode. Er wühlte zwischen seinen Boxershorts herum, bis er ein zusammengefaltetes Stück Papier gefunden hatte. Das gab er Mason.

Auf dem Papier stand:

Van Gogh: *Sonnenblumen*
Picasso: *Guernica*
Renoir: *Frühstück der Bootsfahrer*
Degas: *Tanzklasse*
Manet: *Balkon*
Matisse: *La Desserte*
Botticelli: *Geburt Christi*
Rembrandt: *Staalmeesters*
Chagall: *Ich und das Dorf*
El Greco: *Taufe Christi*

Das war noch nicht alles, was auf der Liste stand, aber Mason, der entsetzt darüber war, was es bedeutete, hörte auf zu lesen. Er sah Werner an, dessen Gesicht so etwas wie Mitleid erkennen ließ.

»Wer sind diese Verrückten, Werner? Was läßt sie glauben, daß sie das schaffen können?«

»Sie haben es bereits geschafft«, antwortete Werner. »Inzwischen sind ein Dutzend weitere Museen heimgesucht worden. Sie mußten sich beeilen, wissen Sie, denn sie mußten fertig sein, bevor Sicherheitsmaßnahmen geändert oder verschärft werden konnten.«

Er griff nach der Liste, aber Mason entriß sie ihm wieder, um sie noch einmal zu überfliegen. Und richtig, da stand es – Da Vinci: *Mona Lisa.*

»Das Gemälde sollte als erstes gestohlen werden«, sagte Werner. »Das war als Experiment gedacht, als Versuchsballon, wie sie es nannten. Sie ersetzten es durch eine Kopie, damit niemand Verdacht schöpfte, bevor sie bereit waren zuzuschlagen.«

»Aber Jean Paul Mattrey hat mir gesagt, das Original sei noch da. Und Mattrey kann man nicht täuschen.«

»Irgend jemand ist nervös geworden und hatte Angst, die Entdeckung könnte zu viele Museen alarmieren. Sie haben das Original erst vor einer Woche wieder gegen die Fälschung ausgetauscht.«

»Und Sie fungieren also als ›Berater‹ dieser Bande.«

»Ich hatte keine Wahl!« sagte Werner. »Entweder ich half ihnen, oder ich mußte sterben. Natürlich haben sie mir eine Bezahlung angeboten. Das Geld war ihnen völlig gleichgültig. Für sie schien weder Geld noch das Leben eines Menschen zu zählen. Mir sind ja schon kaltblütige Männer begegnet, aber so was wie die, nein, noch nie.«

»Nennen Sie mir einen Namen«, bat Mason. »Einen einzigen Namen!«

Werner schüttelte den Kopf.

Mason trat dichter an ihn heran, sein Gesicht war nur noch wenige Zentimeter von den unruhigen Augen des anderen entfernt.

»Dann werde ich Ihnen einen nennen«, sagte er. »Hugh Barrows.«

Er sah das Flackern in Werners grauen Augen und wußte, daß er ins Schwarze getroffen hatte. Das überraschte ihn nicht. Barrows war zwar in der Welt der Kunst ein Gott, aber es waren schon vor ihm Götter gestürzt, und Mason hatte mehr als einmal mit Korruption in höchsten Kreisen zu tun gehabt.

»Natürlich hat Barrows den Cellini mitgehen lassen. Das war für einen Mann wie ihn ja auch nicht schwer. Er hat wahrscheinlich auch den Diebstahl des Rembrandt arrangiert. Und wie steht's mit dem Prado und dem Louvre? Ich bin sicher, daß auch das Insiderjobs waren. Nur daß es sich bei den Insidern nicht um Wärter oder Aufseher handelte, sondern um Leute von ganz oben...«

»Ich kann Ihnen nicht mehr sagen, Mason!«

Mason wußte, daß er es ernst meinte. Werners Unglück war fast greifbar. Mason wollte ihm schon tröstend die Hand auf die Schulter legen, besann sich dann aber eines Besseren. Er steckte die Liste ein und verließ das Zimmer.

Der Nebel draußen in Knightsbridge war wie ein Dampfbad. Der Himmel über London war jetzt gelb, hatte die Farbe eines verdorbenen Eigelbs. Das Atmen schmerzte regelrecht. Mason hielt nach einem Taxi Ausschau, konnte aber keines entdecken. So machte er sich zu Fuß auf den Weg.

Als plötzlich ein schwarzer Bentley mit übergroßen Scheinwerfern langsam neben ihm herfuhr, dachte er, es sei endlich ein Taxi aufgetaucht. Dann sah er jedoch die beiden Männer vorn im Auto und den dritten hinten auf dem

Rücksitz. Das ist fast schon komisch, dachte Mason, wie eine Szene aus einem Gangsterfilm – bis der Mann hinten das Seitenfenster herunterließ und lächelnd seine Zähne entblößte.

»Können wir Sie irgendwohin mitnehmen, Mason?« fragte Hugh Barrows und drückte auf den Türöffner.

Mason zögerte nur eine Sekunde zu lange. Der Mann neben dem Fahrer war schon aus dem Wagen gesprungen – ein kräftiger Mann, der in der Kunst der gewaltsamen Entführung Übung hatte. Ohne daß es zu einem Kampf gekommen war, fand sich Mason auf dem Rücksitz neben Barrows wieder, der jetzt nicht mehr lächelte.

»Mein Freund Werner hat keine Zeit verloren«, sagte Mason. »Was werden Sie mit ihm machen? Oder mit mir, wo wir schon mal dabei sind?«

»Nicht, was Sie denken«, antwortete Barrows mit müder Geduld. Er tippte auf die stämmige Schulter vor sich, und der Wagen setzte sich wieder in Bewegung.

Mason versuchte, an gar nichts zu denken. Nahm er Werner ernst, so schaffte man ihn jetzt hinaus aufs Land, um ihn dort zu erschießen und unter trockenem Laub zu verscharren. Er war ganz offensichtlich auf eine Verschwörung gestoßen und stellte für die Verschwörer eine Gefahr dar. Als sie dann jedoch bei dem kleinen Backsteinhaus in einer stillen Gasse Tottenhams eintrafen, wurde ihm klar, daß es doch eine Alternativlösung gab.

Eine Frau in schlampiger Strickjacke öffnete die Tür, und Mason brauchte eine Weile, um in ihr die Kunstkritikerin Mildred Lucas zu erkennen. Sie sah aus, als hätte sie schon seit Tagen nicht mehr geschlafen. Er wurde in eine Küche geführt, wo sich drei große Ventilatoren mit Höchstgeschwindigkeit drehten und gegen die schwüle Hitze ankämpften. An dem schlachtblockartigen Küchentisch saßen drei Männer in Hemdsärmeln und schlürften kalte Getränke. Sie waren ungekämmt und unrasiert, aber Mason war sich sicher, daß der eine von ihnen der brillante Fälscher Termson war, der eigentlich gerade seine jüngste Gefängnisstrafe abbrummen sollte.

Zu Masons Überraschung war es der stämmige Fahrer des Bentley, der die Leitung der Sitzung übernahm und erst einmal zwei der Ventilatoren abstellen ließ, um den Lärm zu verringern. Diese Anordnung löste grollenden Protest aus. Der Mann zog seine Jacke aus und warf sie über einen Stuhl. Mason stellte fest, daß er trotz seiner Massigkeit müde, intelligent blickende Augen hatte.

»Ich heiße Conrad«, sagte er mit amerikanischem Akzent. »Nur zu Ihrer Information: Ich bin der einzige hier, der nicht Kunstgeschichte studiert hat und der so gut wie gar nichts von Kunst versteht. Ich war achtzehn Jahre lang Direktor bei der NASA. Dort bin ich 1991 ausgeschieden, um mich als Berater selbständig zu machen. Ich habe einen neunundzwanzigjährigen Sohn, der für die Environmental Protection Agency, die EPA, arbeitet. Und ich habe zwei Töchter und zwei Enkelkinder.« Er schluckte plötzlich, und Mason war, als sähe er Tränen in seine intelligenten Augen steigen. Oder war das nur die schlechte Beleuchtung?

Mildred Lucas bot Mason ein kaltes Getränk an, das er dankbar annahm.

»Ich will nicht ins Detail gehen«, fuhr Conrad fort. »Die Zeit ist knapp, und die Einzelheiten zählen kaum, aber ich bin sicher, daß Sie schon mal etwas vom Treibhauseffekt gehört haben. Vor ein oder zwei Jahren war der Kohlendioxydgehalt der Atmosphäre höher als in den hundertsechzigtausend Jahren zuvor, und er steigt weiter an. Dasselbe trifft auch auf andere Gase wie beispielsweise Methan zu. Diese Gase schließen auf unserem Planeten die Hitze ein wie ein Treibhaus die warme Luft. Die Entdeckung löste Alarm aus, zugleich aber auch Kontroversen, weil man sich über die langfristigen Auswirkungen nicht einig war. Es fiel sehr viel leichter, sich an die positiven Prognosen zu halten. Das tat ich auch. Sie wahrscheinlich ebenfalls. Wohl die meisten von uns. Wir alle wußten ja, daß die Erde für die Ewigkeit gemacht war.

Schön, aber in diesem Jahr sind nun drei Dinge passiert. Die Gasakkumulation hat sich innerhalb der ersten drei Monate verdoppelt und im zweiten Quartal dann noch einmal. Ein Grönland-Projekt, das unter der Bezeichnung GISP 3 läuft, hat so schnelle Veränderungen des Eiskerns gemeldet, daß man sie geheimhielt, bis die Führung der Vereinten Nationen und drei Regierungen entschieden hatten, wieviel bekanntgemacht werden sollte.« Er hielt inne.

»Und das dritte?« fragte Mason.

»In Dänemark hat ein Expertentreffen stattgefunden, das als harmlose Umweltkonferenz deklariert war. In Wirklichkeit aber ging es darum, zu entscheiden, ob die gesammelten Daten nur einen einzigen Schluß zulassen. Nämlich den, daß es in vier oder vielleicht fünf Monaten keine Rembrandts, Vermeers, Picassos, Goyas, Museumsdirektoren, Kunstkritiker, private Ermittler, Ex-NASA-Funktionäre… Enkelkinder… mehr geben wird.«

Er wischte die Träne auf seiner Wange nicht fort.

»Die Menschen könnten dem, was bevorsteht, nicht entkommen… den ständig steigenden Temperaturen, dem Abschmelzen der Eiskappen, dem Anstieg des Meeresspiegels, dem Versinken der Städte und Ebenen. Eine Ankündigung des Endes würde dieses Ende nur noch grausamer machen, die Panik würde zu Verzweiflung, Aufruhr, Mord und unbeschreiblichem Elend führen. Oh, die Welt wird es früh genug erfahren. Aber bis es soweit ist, dachten sich einige von uns… könnte man vielleicht, wenn schon nicht die Menschheit, so doch vielleicht das Beste von ihr erhalten. Das, was an unserer armseligen Spezies wirklichen Ewigkeitswert besitzt. Unsere Kunst.«

»Die Raumstation«, sagte Mason.

»Gott weiß, wer unser Weltraummuseum je zu Gesicht bekommen wird«, sagte Conrad. »Buchstäblich nur Gott. Vielleicht fremde Lebewesen, vielleicht eine wiederauferstandene Menschheit. Aber ein paar von uns sagten: Laßt uns die Kunst retten, soviel davon wie möglich, ohne die Wahrheit preiszugeben. Bevor verzweifelte Menschen die Raumstation stürmen und zu entkommen versuchen. Das ist es, was wir zu tun versuchen, Mr. Graves, und wir brauchen dabei keine Feinde, sondern Freunde.«

Jeans Pauls Stimme hallte in dem leeren Museum wider. Er legte den Arm um den Mann in Khaki, als sie zur berühmtesten Stelle des Louvre gingen, wo noch vor einer Stunde eine kleine Besucherschar in ehrfürchtigem Schweigen vor dem berühmtesten Porträt der Welt verharrt hatte.

»Da ist sie«, sagte Jean Paul. »Sie vertraut Ihnen voll und

ganz, Mr. Loomis. Tun Sie alles, was in Ihrer Macht steht, um ihre Sicherheit zu gewährleisten.«

»Sie können sich auf mich verlassen«, sagte der Mann und setzte seinen hervorragend ausgestatteten Werkzeugkasten auf dem Marmorboden ab. »Diese Verrückten kriegen sie nicht in die Finger, jedenfalls nicht mehr, wenn ich erst meinen Job erledigt habe.«

Die drei Museumsdirektoren, die ihnen im Abstand von zehn Schritten folgten, sahen sich zufrieden an, froh darüber, daß man den bekanntesten Sicherheitsexperten Amerikas herbeigerufen hatte, und erleichtert angesichts der Tatsache, daß zum Schutz der ihnen anvertrauten, unbezahlbaren Kunstwerke besondere Maßnahmen ergriffen wurden. Aber es war warm im Raum, ungemütlich warm, weshalb sie dankbar waren, als Jean Paul Mattrey sie zu einem kühlen Drink in seine kleine Wohnung im Museum einlud.

Mit der Mona Lisa allein gelassen, holte Mason Graves das passende Werkzeug aus seinem Kasten und machte sich in aller Ruhe daran, das Bild von der Wand zu holen.

»Komm nur zu mir, Baby«, sagte er. »Ich werde dir die Sterne zeigen.«

Die verblichene Fotografie

Also, Sara konnte einem wirklich leid tun. Erst hatte sie ihre kleine Schwester verloren, dann beide Eltern in einem Winter, der so hart gewesen war, daß Sara selbst eine Lungenentzündung bekommen hatte. Und dann war auch noch ihre andere Schwester, Nabby, gestorben, und das auf tragische Weise, und mehr als dreitausend Kilometer von zu Hause entfernt.

Die Apotheke ihres Vaters hatte Sara natürlich verkauft und dann von dem Erlös eine kleine Geschenkboutique erstanden. Die Leute in Allensville taten ihr Bestes und kauften eine Kleinigkeit, wann immer sie konnten – Hunde aus Porzellan, Bierkrüge und Milchkännchen, aber am einträglichsten wäre es für Sara gewesen, wenn jemand hereingekommen wäre und etwas zerbrochen hätte.

Dann war da ihr Aussehen. Sara war unscheinbar und frühzeitig gealtert. Wenn die Leute meinten, sie habe ›für ihr Alter eine gute Figur‹, wußten die meisten nicht, daß Sara Metcalfe erst vierunddreißig Jahre alt war.

Jetzt stellt sich die Frage, wie alt Scotty Robisher war. Als er seine Stellung bei der Anwaltssozietät Grabnow und Smith antrat, nahmen die Leute an, er wäre Anfang Zwanzig. Erst später, als er sich um Sara zu bemühen begann, sprach man taktvoll von ›Ende Zwanzig‹.

Scotty hatte nun einmal so ein jungenhaftes Gesicht, das war alles. Mit glattem blondem Haar, das immer ein bißchen zerzaust war, und strahlend blauen Augen, die wahrscheinlich nicht ganz in Ordnung waren – er hatte einen ziemlichen Silberblick und trug eine Brille, wenn es die Damen nicht sahen.

Es war jedoch nicht sein Aussehen, das Sara und Scotty einander näherbrachte, sondern ein Buch. Als sie ein Geschenk einpackte, das er bei ihr gekauft hatte, bemerkte sie sein Buch auf dem Ladentisch und stieß einen Laut der Überraschung aus. Es handelte sich um den Roman *Köstliches Verhängnis* von Mary Webb, und das war Saras Lieblingsroman – wahrscheinlich, weil die Heldin liebeskrank war.

»Das ist schon mein drittes Exemplar«, sagte er ehrfürchtig. »Als ich das Buch zum ersten Mal gelesen hatte, war ich so begeistert davon, daß ich unter der panischen Angst zu leiden begann, das Exemplar könnte mir abhanden kommen. Deshalb kaufte ich ein zweites. Und als ich vorhin dieses in dem Buchladen hier in der Straße sah, konnte ich nicht widerstehen... Sie denken jetzt sicher, ich bin nicht ganz richtig im Kopf, was?«

Niemand weiß, ob Sara Scotty Robisher jemals von ihrer fanatischen Begeisterung für den Roman *Köstliches Verhängnis* erzählt hat. Aber ganz bestimmt muß ihr Herz heftig geschlagen haben, als der junge Mann ein paar Abende später bei ihr zu Hause anrief und sie ins Kino einlud.

Es dauerte nicht lange, da ging Scotty Robisher mit Sara mindestens einmal in der Woche irgendwo hin. Schon bald geschah dies mittwochs und samstags, und dann kamen um der Ausgewogenheit willen auch noch die Freitage dazu – bis einigermaßen feststand, daß Scotty Robisher Sara Metcalfes »Begleiter« war, woraufhin sich in Allensville viele vor das hübsche Köpfchen gestoßen fühlten.

Es war schließlich Sol Grabnow, Scottys Arbeitgeber, der als erster den Mut aufbrachte, Sara auf die Beziehung anzusprechen und ihr ganz offen Fragen zu stellen. Er kam und trank mit ihr in dem kleinen Hinterzimmer der Geschenkboutique eine Tasse Tee, und Sara wußte sofort, daß ihr eine behutsame Befragung bevorstand. Sie war darauf vorbereitet.

»Scotty hat mich gebeten, seine Frau zu werden«, sagte sie.

»Er ist fünfundzwanzig Jahre alt«, sagte Sol mit seiner allertiefsten Stimme. »Ich weiß das, weil er bei mir arbeitet. Er ist doch fast noch ein Junge.«

»Meine Eltern haben mit einundzwanzig geheiratet«, erwiderte Sara und lächelte.

»Wieviel haben Sie auf Ihrem Konto, Sara?«

»Das weiß ich nicht«, antwortete Sara. »Ich denke, es müßten noch an die fünfunddreißigtausend da sein. Warum?«

»Nur so.« Sol seufzte, als wollte er einen bösen Gedanken vertreiben.

»Sol«, sagte Sara ernst, »Sie glauben doch nicht etwa, daß Scotty mich nur meines Geldes wegen heiraten will? Fünfunddreißigtausend sind doch wohl kaum ein Vermögen. Ist Ihnen schon mal der Gedanke gekommen, daß Scotty auch eigenes Geld haben könnte? Vielleicht ist er kein so armer Schlucker, wie Sie glauben.«

Von Sara beauftragt, sprach Sol mit Scotty Robisher von Mann zu Mann.

»Mein Gott, Mr. Grabnow«, sagte Scotty, »Sie meinen, Geld hat etwas damit zu tun? Ich habe Geld!«

»Würde es Ihnen was ausmachen, mir zu sagen, wieviel?«

»Ungefähr sechzig- oder fünfundsechzigtausend, schätze ich. Das meiste in Wertpapieren und Aktien. Schauen Sie mich nicht so überrascht an! Auch meine Eltern leben nicht mehr. Sie haben mich nicht mittellos zurückgelassen. He, was soll das eigentlich? Wenn Sara Angst um ihr Geld hat, dann kann sie es doch einem Treuhänder übertragen und es so schützen. Und ich würde ihr sogar mein Geld überschreiben, wenn sie das möchte. Mir soll's recht sein!«

Sol Grabnow war, um die Wahrheit zu sagen, immer noch skeptisch, aber dann legte ihm ein lächelnder Scotty zwei Tage später Belege vor, aus denen zu ersehen war, daß ihm Bankpapiere im Wert von dreißigtausend Dollar und Aktien dreier großer Konzerne im Wert von fünfunddreißigtausend Dollar gehörten.

Die Hochzeitszeremonie war schlicht und kurz und hatte ihren ganz eigenen poetischen Augenblick, als Scotty Robisher Sara Metcalfe Robisher in die Augen sah und sagte: »Kein Wort von Trauer mehr! Ich habe mir mein Stück vom Paradies erwählt. 's ist an deiner Brust, geliebte Freundin.«

Sol wußte zwar nicht, daß diese Sätze aus dem Epilog zu *Köstliches Verhängnis* stammten, aber er sah, daß sich etwas Besonderes ereignet hatte, denn Saras Gesicht war plötzlich ganz sanft vor lauter Zufriedenheit.

Und als Scotty Robisher in jener Nacht neben seiner jungen Frau lag, waren seine Gedanken sogar von noch größerer Zufriedenheit erfüllt. Er dachte an einen lange zurückliegenden Tag, einen ebenfalls ganz besonderen Tag, der ihn dazu veranlaßt hatte, nach Allensville zu ziehen.

Als Scotty am Morgen dieses besagten Tages ins Büro gekommen war, hatte im Vorzimmer ein gebrechlich aussehender Fremder gesessen, der trocken in ein säuberlich gefaltetes Taschentuch hustete.

»Kann ich irgend etwas für Sie tun?« fragte Scotty.

Der alte Mann, der Metcalfe hieß, sagte: »Es geht um ein Mitglied meiner Familie, um die einzige noch lebende Angehörige. Sie heißt Sara Metcalfe und ist das älteste Kind meines Bruders.«

»Wie lange haben Sie sie nicht mehr gesehen?«

»Ich habe sie überhaupt noch nie gesehen«, antwortete der alte Mann. »Mein Bruder und ich, wir zerstritten uns, lange bevor Sara und seine anderen Kinder zur Welt kamen. Es war, als hätte er nie einen Bruder gehabt. Ich bezweifle, daß er seinen Kindern je von mir erzählt hat. Ich glaube nicht, daß seine älteste Tochter von mir weiß...« Er schwieg eine Weile und setzte dann hinzu: »Und jetzt wird sie's erst erfahren, wenn ich nicht mehr bin.«

Scotty begriff schnell. Er sagte: »Sie möchten ein Testament machen, nicht wahr, Mr. Metcalfe?«

»Ja«, antwortete der alte Mann müde. »Wie's aussieht, muß ich mich damit beeilen. Sara ist meine einzige noch lebende Verwandte.«

Scotty suchte bereits in seinem Schreibtisch nach einem entsprechenden Formular.

»Dann kommen wir mal zu den Einzelheiten der Vermögenslage«, sagte er.

»Ist alles in Aktien und Wertpapieren angelegt«, sagte der alte Mann entschuldigend. »Eine ziemliche Menge, fürchte ich. Der Wert beläuft sich wahrscheinlich auf ungefähr drei Millionen.«

Als Scotty diese Zahl hörte, hätte er sich fast die linke Hand in der Schublade eingeklemmt.

Scotty war noch nie so effizient gewesen. In weniger als einer halben Stunde lag das Testament Metcalfe zur Unterschrift vor.

»Sagen Sie«, fragte Scotty noch, als er den alten Mann zur Tür geleitete, »haben Sie überhaupt vor, Verbindung mit Ihrer Nichte aufzunehmen?«

»Nein«, antwortete Metcalfe und schüttelte den Kopf. »Ich habe mich aus ihrem Leben herausgehalten und gedenke nicht, jetzt mit all dem Geld da reinzuplatzen. Außerdem fürchte ich, daß für mich die Zeit des Reisens vorbei ist.«

Sie gaben sich an der Tür die Hand. Die dünnen Finger, die Scotty in seiner schweißfeuchten Hand hielt, fühlten sich an wie die trockenen Knochen eines Skeletts.

Schon achtundvierzig Stunden nach seiner Ankunft in Allensville konnte Scotty einen ersten Blick auf Sara Metcalfe werfen. Sie saß auf der Veranda ihres Hauses und las in *Köstliches Verhängnis.*

Als Saras junger Ehemann erwachte, war sie dabei, das Frühstück zu machen.

»Ich habe gar nicht mitgekriegt, daß es so spät geworden

ist«, meinte Scotty gähnend. »Wir haben nicht mehr viel Zeit, wenn wir den Mittagsflug nach Aruba noch erwischen wollen.«

»Scotty«, sagte sie, »ich habe die Reservierung rückgängig gemacht.«

»Aber warum denn?« fragte er erschrocken.

»Ich dachte, wir sollten nicht ausgerechnet jetzt auf Hochzeitsreise gehen, wo mit dem Bau begonnen wird.«

»Mit was für einem Bau?«

»Na, das neue Geschäft natürlich. Hast du das etwa vergessen? Allensville braucht einen guten Drugstore, und Mr. Comfort ist bereit, seinen kleinen Laden zuzumachen und unser Apotheker zu werden. Erinnerst du dich nicht mehr daran, daß ich dir von ihm erzählt habe?«

»Nein«, sagte Scotty und durchforschte in fieberhafter Eile sein Gedächtnis.

»Wie auch immer«, sagte Sara lächelnd, »ich habe mit dem Geld von der Geschenkboutique das Grundstück bezahlt, und jetzt haben wir noch etwa neunzigtausend Dollar. Das wird für den Bau und die Einrichtung reichen.«

»Du hättest mir mehr davon erzählen sollen«, sagte Scotty. »Ich bin schließlich Anwalts- und nicht Apothekergehilfe.«

»Ich bin sicher, daß du dich besser stehen wirst, wenn du in deinem eigenen Laden arbeitest«, meinte Sara. »Ich werde den Bürokram mit dir teilen. Du wirst dich jedoch um die Ware kümmern müssen. Mein armer alter Vater hatte schon mit dreißig einen schlimmen Rücken.« Sie streckte einen ihrer langen, dünnen Arme aus und drückte seine Schulter. »Aber du bist noch so jung und stark.«

Scotty schuftete schon bald wie ein Kuli, um den Laden in Gang zu bringen. Er arbeitete so hart, daß er verständlicherweise verletzt war, als er sah, wie das Schild »Metcalfes Apotheke« über dem Eingang angebracht wurde.

Sara erklärte ihm jedoch, daß der Name ihres Vaters und sein Ruf als Apotheker in Allensville hochgeachtet seien und sie außerdem alle den Laden betreffenden Dokumente mit ihrem Mädchennamen unterschrieben habe. Da wurde Scotty schlagartig klar, daß er zwar sein Kapital in das neue Unternehmen eingebracht hatte, nun aber überhaupt nicht daran beteiligt war. Da er jedoch wußte, daß Mr. Metcalfe inzwischen tot war oder im Sterben lag, unterdrückte er das Bedürfnis, sich zu beschweren.

Als sechs Monate herum waren und Scotty sein Leben mit der abgestumpften Leidenschaft eines Gefangenen auf der Teufelsinsel haßte, unternahm er ohne Saras Wissen den Versuch, Mr. Metcalfe aufzuspüren, hatte aber überhaupt kein Glück. Niemand schien zu wissen, ob der alte Mann noch lebte oder – besser noch – schon tot war.

Das schlimmste Jahr in Scottys Leben war fast vorüber, als er das Fotoalbum fand. Voller Eifer suchte er auf den gelblichen Fotos und unscharfen Schnappschüssen nach dem Gesicht des alten Mannes. Als er es endlich entdeckte, verlieh er seiner Dankbarkeit hörbaren Ausdruck. Ein Irrtum war nicht möglich – da stand er, den Arm um die Schulter eines anderen jungen Mannes gelegt, bei dem es sich wahrscheinlich um Saras Vater handelte. Es war ein Bild brüderlicher Zuneigung, bei dessen Anblick Scotty Wärme und Liebe empfand. Alles würde gut werden. Der alte Mann brauchte eben sehr lange, um zu sterben.

Er wollte das Album gerade zuklappen, als sein Blick auf ein Paar durchdringend blickende, violette Augen fiel. Er wußte, daß es sich um ein Schwarzweißfoto aus Oberschulzeiten handelte. Aber es war ihm schleierhaft, warum er es in seiner Phantasie koloriert hatte.

»Das ist meine Schwester«, sagte Sara. Sie stand in der Tür. »Nabby... ihr richtiger Name war Abigail... ist erst im vergangenen Jahr gestorben. Bei der Geburt ihres Kindes, das auch starb. Sie war sehr allein. Ihr Mann war, als es geschah, mit einer anderen Frau zusammen.«

»Schrecklich«, sagte Scotty.

»Ja, schrecklich. Dann hob der Mann alles Geld von ihrem gemeinsamen Konto ab und verschwand damit am Tag der Beerdigung. Das ganz Geld gehörte natürlich ihr. Es war das Geld, das mein Vater hinterlassen hatte. Ungefähr sechzigtausend Dollar. Der Kerl hat alles mitgehen lassen.«

»Ich glaube, ich muß mich mal ein bißchen hinlegen«, sagte Scotty. Das war kein Vorwand. Er fühlte sich wirklich müde. Er war müde und er fror.

»Ein paar Monate lang wußten wir gar nicht, was passiert war«, sagte Sara. »Als wir erfuhren, daß sie gestorben war, stellten wir Nachforschungen an, aber kein Mensch wußte, wo ihr Mann abgeblieben war. Aber er hat ihn gefunden.« Sara lächelte. »Der gute alte Onkel Ray.«

»Onkel Ray?«

»Der Bruder meines Vaters. Er hat Nabby sehr geliebt und Wochen darauf verwandt, den Mann aufzuspüren, den sie geheiratet hatte.«

»Und... was hat er mit ihm gemacht?«

»Wieso, gar nichts«, antwortete Sara. »Er hat sich nur mit ihm unterhalten. Onkel Ray wußte immer, was er mit Leuten reden sollte, obwohl er nie sehr gut darin war, sich in einem Job zu halten. Der arme alte Mann lebt inzwischen von der Sozialhilfe. Aber Geld ist nicht alles, nicht wahr, Liebling?«

Es war das erste Mal, daß Sara ›Liebling‹ zu ihm sagte, und sie sprach das Wort mit einem verschwörerischen Lächeln aus.

Am nächsten Morgen war Scotty Robisher fort. Sara Robisher betrieb die Apotheke nun ganz allein, was ihr gut zu bekommen schien. Natürlich hatten alle Bewohner der Stadt Mitleid mit ihr. Aber eines mußte man Sara lassen: Selbstmitleid war ihr fremd.

Die andere Frau

Sie war auf Gefängnisblässe gefaßt, aber als Joey dann auf den elastischen Sohlen seiner Reeboks in das Besucherzimmer gefedert kam, zeigten seine Wangen die gesunde Färbung von frischer Luft. Joey war schon immer ganz versessen auf Sonnenbräune gewesen, und vor Tammy Simms' innerem Auge erschien kurz das Bild eines Gefängnishofes, in dem ihr Mann an einer der Backsteinmauern lehnte und sein Gesicht sehnsüchtig der glühendheißen Sonne zuwandte, die über den Maschinengewehrtürmen stand. Sie irrte sich. Es gab keine Maschinengewehre, keine Türme und keinen Gefängnishof.

»Federball«, sagte Joey grinsend. »Heute morgen war das Halbfinale, und rat mal, wer die numero uno war?«

»Federball«, wiederholte Tammy nur.

»Ich brauche morgen nur so einen übergewichtigen Veruntreuer zu schlagen, und ich bin Champion. Nächste Woche Softball. Insidergeschäftemacher gegen Totschläger.« Er kicherte, als er ihren Gesichtsausdruck sah. »Also, jetzt guck nicht so überrascht. Du weißt doch wohl, was minimale Sicherheit bedeutet, oder nicht?«

»Ich dachte immer, es bedeute weniger Wärter. Also Aufpasser, oder wie sagt man?«

»Du siehst zu viele Zuchthausfilme, Baby. Hier ist das

ganz anders.« Das kleine, sonnengebräunte Gesicht verdüsterte sich. »Aber ein Gefängnis ist es trotzdem. Ich kann den nächsten Juni gar nicht abwarten, wenn ich hier wieder rauskomme.«

»Juni?« sagte sie und versuchte, die Bestürzung aus ihrer Stimme herauszuhalten. »Das sind ja nur noch... etwa elf Monate?«

»Bromberg meint, das stehe fest.« Joeys kleine weiße Zähne hoben sich von der Sonnenbräune seines Gesichts ab, als er lächelnd hinzusetzte: »Dann habe ich die Hälfte der Strafe abgesessen und kann fest mit einer Begnadigung rechnen. Gute Führung, super Werte.« Er lachte und war wieder glücklich. »Und dann machen wir uns eine schöne Zeit. Wir brauchen das Strandhaus auf Statia nicht zu mieten, wir kaufen's einfach. Und einen Katamaran. So ein Ding wollte ich schon immer haben. All die schönen Sachen, die man mit Geld kaufen kann, Tammy...«

Das Thema ihrer Unterhaltung machte sie unruhig, und sie sah sich verstohlen um. »Red nicht von Geld«, sagte sie. »Was ist, wenn sie unter diesen Tischen Wanzen oder so was haben?«

»Niemand schert sich drum, was wir reden.« Er ergriff ihre Hand. »Und mich schert nur, wie ich diesen ängstlichen Ausdruck wieder von deinem Gesicht wegkriege. Alles läuft perfekt, Tammy, genau wie ich es vorausgesagt habe. Im nächsten Sommer komme ich hier raus, und dann machen wir's uns so schön wie noch nie, wie ich's dir versprochen habe.«

»Mit dem Geld eines Toten«, sagte sie und verbarg ihre Erbitterung nun nicht mehr.

»Marty hat doch nichts mehr von dem Geld.«

»Seine Familie könnte was davon haben.«

»Seine Familie?« Joey ließ ihre Hand los. »Was weißt du denn von Martys Familie? Ich bin nicht mal sicher, ob er überhaupt eine hatte.«

»Bei seiner Beerdigung waren doch ein paar Leute.«

»Du bist bei seiner Beerdigung gewesen? Himmelnochmal, das war aber saublöd von dir! Was, wenn dich jemand gesehen hat?«

»Jemand hat«, sagte Tammy nervös. »Eine Frau. Ich war ganz hinten im Saal, bin nicht mal in die Nähe des Sargs gegangen. Aber da war diese Frau, so eine hart dreinblickende Blondine, und die hat sich umgedreht und mich angestarrt, als ob sie hinten Augen gehabt hätte. Ich bin, so schnell ich konnte, wieder gegangen.«

»Ich weiß nicht«, sagte Joey und kaute auf seinem Daumennagel herum. »Vielleicht war's okay, daß du dort gewesen bist. Das paßt schließlich zu allem anderen... dir liegt was an Marty, du erweist ihm die letzte Ehre und so...«

»Hast du nicht gehört, was ich gesagt hab? Das mit der Frau?«

»Vergiß sie. Die Trauergäste waren alle vom Büro, vielleicht waren auch ein paar Kunden von auswärts dabei. Wenn Marty eine Familie hatte, dann weit weg, irgendwo in Pennsylvania. Ich glaube, er war geschieden, lebte getrennt, irgend so was.«

»Ich meine immer noch, daß das seine Frau war«, sagte Tammy. »Sie war viel zu... ich weiß nicht, viel zu ernst für eine Sekretärin oder Kundin. Und die Art, wie sie mich angesehen hat... ich glaube, sie wußte, wer ich war, Joey!«

»Na und?«

»Verstehst du denn nicht? Sie wußte, daß ich... die ›andere Frau‹ war. Sie muß mein Bild in der Zeitung oder auf Kanal neun gesehen haben.«

»Da war sie halt neugierig«, sagte Joey. »Du bist ja so etwas wie eine Berühmtheit, Baby, das ist nun mal so. Eine Fünfzehn-Minuten-Berühmtheit.«

»Aber das war nicht das einzige Mal! Ich habe sie wiedergesehen, erst gestern morgen. Sie saß in einem geparkten Auto, direkt vor unserem Haus. Ich bin an ihr vorbeigegangen und hab so getan, als hätte ich sie nicht erkannt. Hab ich aber.«

»Du leidest unter Verfolgungswahn«, sagte Joey. Er näherte sein sonnengebräuntes Gesicht dem ihren – dieses Gesicht, das sie einmal für attraktiv gehalten hatte. »Du hast schon immer unter Verfolgungswahn gelitten, Tammy. Das ist eine schlechte Angewohnheit.«

»Ich hatte ja wohl auch allen Grund dazu«, erwiderte sie bitter. »Nach zehn Jahren mit dir! Nie zu wissen, ob der nächste Kerl an der Haustür ein Bulle oder so ein Geldeintreiber von der Mafia sein würde.«

»Nur, daß nie welche kamen, nicht wahr?« Jetzt sahen die kleinen weißen Zähne wie die eines wilden Tieres aus. »Das meine ich mit Verfolgungswahn, Liebes. Du hast mir nie zugetraut, daß ich zu schlau bin, um in Schwierigkeiten zu geraten.«

»Doch«, sagte Tammy, »du bist schlau, ja. Deshalb bist du ja auch der Federball-Champion des Gefängnisses.«

»Es hätte schlimmer kommen können«, sagte er mit der ruhigen, belegten Stimme, die ihr am verhaßtesten von allem war. »Ich hätte auch in dem Knast weiter oben im Norden landen können, wo's sehr viel rauher zugeht. Und ich würde nicht auf einer Million sitzen.« Er lachte bellend. »Eine Million plus zehntausend, wenn ich rauskomme, Baby. Zinseszinsen!«

Die Busfahrt nach Hause dauerte drei Stunden, aber trotzdem blieb das Taschenbuch, das sie mitgenommen hatte, ungeöffnet auf ihrem Schoß liegen. Es tat ihr inzwischen leid, daß sie sich zu diesem Besuch entschlossen hatte – eigentlich war es ihre Mutter gewesen, die sie dazu überredet und ihr durch den Telefondraht zwischen New York und Atlanta Schuldgefühle eingeredet hatte. Natürlich glaubte ihre Mutter, was alle anderen auch glaubten, nämlich daß im Grunde genommen sie, Tammy, die Verantwortung für die drei Jahre Gefängnis trug, die der arme Joey wegen Totschlags aufgebrummt bekommen hatte. Ein ehefraulicher Besuch sei da wohl das mindeste, was sie ihm schulde. Tammy hatte ihrer Mutter nicht widersprochen. Es war etwas ganz Neues, sie freundlich über ihren Schwiegersohn sprechen zu hören.

Das war das Ironische an der ganzen Sache, dachte Tammy – Mutter hatte wirklich alles besser gewußt. Sie hatte sie vor einem Jahrzehnt davor gewarnt, Joey zu heiraten, hatte seine Aalglätte und seinen übermäßigen Charme durchschaut. Joey war ein Mann, der keine Jobs hatte, sondern Pläne. Tammy hatte erlebt, wie ein Dutzend dieser Pläne in fünf Städten zu schnellen Auszügen aus Hotelzimmern und angemieteten Wohnungen geführt hatten. Sie hatte das sinkende Niveau seiner »Geschäftspartner«

verfolgt – aus verschwitzten Unternehmern waren allmählich unruhig blickende Ganoven geworden. Sie hatte immer weniger von seinen Plänen gehört, weil diese immer ungesetzlicher wurden, aber sie hatte gewußt, worum es in New York ging, wo der Bekleidungsbeschiß tatsächlich zu funktionieren schien, der ihnen zum täglichen Brot und zu den Flugtickets in die Karibik verhalf.

Die Sache war angesichts der Korruptheit dieser Branche denkbar einfach. Es gab ein halbes Dutzend Auslieferer, die bereit waren, ihre Kleiderständer die Seventh Avenue hinunter und zu leeren, in der Tenth Avenue wartenden Lieferwagen rollen zu lassen. Und das Risiko war gering, denn die beteiligten Hersteller waren nur zu glücklich, die Unsicherheit eines rezessionsgebeutelten Marktes gegen die Sicherheit der Versicherungsgelder eintauschen zu können. Aber dann hatte sich Joey, der im besten Falle ein kleiner Handlanger war, eine andere Möglichkeit eröffnet. Der Besitzer einer auf junge Mode spezialisierten Firma, der sich dringend nach Sarasota in den Ruhestand zurückziehen wollte, bot ihm seinen Laden zu einem geradezu unwiderstehlichen Preis an. Dieser lag allerdings immer noch weit über dem, was Joey sich leisten konnte, aber das Schicksal stand ihm bei. Er lernte Marty Watts kennen.

Marty war erst kürzlich nach New York übergesiedelt. Er hatte sein Geschäft für Eisenwaren und Farben in Pennsylvania verkauft und hockte nun auf dem Erlös. Außerdem hockte er allein in einer Dachterrassenwohnung eines neuen Hochhauses in der West Side, das erst zu einem Drittel vermietet war. Da betrachtete er sich seinen kahl werdenden Schädel im funkelnagelneuen Badezimmerspiegel, starrte hinaus auf die Skyline von New York, war zweiundfünfzig Jahre alt und fragte sich, was er mit dem Rest seines Lebens anfangen sollte. Eines Abends beging er den Fehler, in einer Bar einem sonnengebräunten Fremden von seinem Dilemma zu erzählen.

Tammy lernte Marty nie kennen, weil ihr Mann das Single-Spiel mit ihm spielte. Er führte ihn in Nachtklubs und Restaurants aus, immer in Begleitung von beschäftigungssuchenden Vorführdamen und gut gebauten Sekretärinnen, die es in Hülle und Fülle zu geben schien. Er spielte auf Martys Einsamkeit wie auf einer Geige. Als er Tammy schließlich von Marty erzählte, benutzte er das Wort »Gipskopf«, was Seventh-Avenue-Slang für gutgläubiger Trottel war, und sie hatte geahnt, daß es zu Schwierigkeiten kommen würde.

Auf dem Busbahnhof der Port Authority wimmelte es von unangenehmen Typen, aber Tammy schenkte ihnen keine Beachtung, war sie doch in Gedanken viel zu sehr damit beschäftigt, im Tagebuch ihrer Vergangenheit zu lesen, wobei sie am liebsten jede einzelne Seite neu geschrieben hätte. Sie schloß das Buch erst, als das Taxi vor dem in einer Nebenstraße der Columbus Avenue gelegenen Apartmenthaus hielt und sie den ockerfarbenen Volvo auf der anderen Straßenseite stehen sah. Die Blondine mit dem durchdringenden Blick saß hinter dem Steuer und starrte geradeaus, als wartete sie darauf, daß die Ampel umspringe.

Tammy warf dem Fahrer einen Geldschein zu und schoß in den Eingangsflur des Hauses, bevor Vinnie ihr die Tür hatte öffnen können. Sie lief zum Lift, drehte dann aber wieder um, weil sie den Portier noch etwas fragen wollte.

»Jawoll, das ist ne komische Sache«, sagte der. Er war immer für ein Gespräch zu haben. »Das Auto steht schon seit zwei Stunden da drüben auf der anderen Straßenseite. Nehme an, ihr Freund ist nicht aufgetaucht.« Er grinste blöde.

In der Wohnung angekommen, machte Tammy kein Licht. Statt dessen ging sie zum Wohnzimmerfenster. Von dort war ein Stückchen Straße einzusehen, zu dem zumindest die Motorhaube des Volvo gehört haben müßte. Er war aber nicht mehr da. Tammy stieß den Atem aus, den sie auf dem ganzen Weg bis hier herauf angehalten hatte.

Sie war hungrig, denn sie hatte seit dem Frühstück nichts mehr gegessen, und auch das Frühstück hatte nur aus einer Tasse Kaffee und einem trockenen Muffin bestanden. Sie ging in die Küche und wußte schon, daß sie im Regal und im Kühlschrank nichts finden würde. Seit Joeys Verurteilung hatte sie sich vorübergehend von allen häuslichen Verpflichtungen entbunden, so auch vom Einkaufengehen. Es gab in der Nähe drei Restaurants, in denen sie inzwischen gut bekannt war. Sie entschied sich für Spot's, wo die kleineren Tische in den dunklen Ecken standen. Bevor sie ging, warf sie noch einmal einen prüfenden Blick aus dem Fenster. Kein Volvo zu sehen.

Sie nippte gerade an ihrer Cola mit Rum, als die Frau das Restaurant betrat. Spot's lag drei Häuserblocks und eine schmale Gasse von ihrer Wohnung und damit von der Stelle entfernt, wo die Blondine zwei Stunden lang in ihrem Auto gesessen hatte, so daß von Zufall keine Rede sein konnte. Die Frau war ihr gefolgt. Tammys Finger, die das Colaglas hielten, wurden eiskalt, und ihre Blicke fuhren auf der Suche nach Fluchtwegen unruhig durch den Raum. Sie hatte die dunkle Ecke bekommen, die sie hatte haben wollen, ganz prima, aber die war jetzt eine Falle, eine Sackgasse.

Die Blondine wartete nicht, bis man sie zu einem Tisch geleitete, sondern wählte selbst einen – so dicht neben dem Tammys, daß diese im Falle eines Aufbruchs die Schulter ihres maßgeschneiderten Kostüms hätte streifen müssen. Sie bemühte sich, Tammys Blick auszuweichen, aber allein schon dieses Bemühen verriet sie. Sie setzte sich, hängte die große Stofftasche über die Lehne ihres Stuhls und schuf auf diese Weise ein weiteres Hindernis. Tammy, der inzwischen der Appetit vergangen war, hatte nicht vor, zum Objekt dieses harten, blauäugigen Blicks zu werden. Sie kramte ein paar Geldscheine aus der Tasche, warf sie auf den Tisch und stand auf. Es gab keinen anderen Weg zur Tür als den, der hinter der Blondine vorbeiführte, und Tammy bewegte sich so schnell vorwärts, daß sie mit der Hüfte an die Stofftasche stieß. Der Tragriemen rutschte von der schräg abfallenden Stuhllehne, und die Tasche fiel zu Boden. Tammy konnte den Impuls, die Tasche aufzuheben, nicht unterdrücken. Als sie es tat, spürte ihre Hand die unverwechselbare Form einer Pistole.

Jetzt fühlte sie nur noch Panik. Tammy kämpfte sich durch das Labyrinth der Tische zur Tür. Eine Gruppe von sechs Leuten kam gerade herein, verstellte ihr den Weg und witzelte über das Essen, das vielleicht der Anlaß für ihren fluchtartigen Aufbruch war. Wie ein Footballspieler stürmte sie durch die Gruppe der neuen Gäste.

Als sie auf der Straße war, sah sie den Volvo an der nächsten Ecke stehen, und zum ersten Mal kam ihr der Gedanke, sich das Nummernschild genauer anzusehen. Es war blau, und es stand »Keystone State« darauf. Das war Pennsylvania. Hätte sie den allerleisesten Zweifel gehegt, so war der jetzt beseitigt. Die Frau war *sie*, und die Pistole in ihrer großen Handtasche deutete auf eine ganz bestimmte Absicht hin. Wenn nicht jetzt, dann später. Wenn nicht ganz offen, dann in einem plötzlichen Hinterhalt. Die Aussicht auf eine niemals endende Angst war schlimmer als der Gedanke an den Tod. Tammy blieb deshalb stehen und sah sich nach dem Eingang des Restaurants um – wie erwartet, kam die Frau gerade heraus. Ihre Absätze erzeugten auf den Steinen des Bürgersteigs ein hartes Geräusch. Sie kam direkt auf Tammy zu, doch diese rührte sich nicht von der Stelle.

Als die Frau in Hörweite war, sagte Tammy: »Einen Augenblick. Ich denke, wir sollten miteinander reden.«

Wenn die Frau von dieser plötzlichen Konfrontation überrascht worden war, dann gaben das ihre stahlblauen Augen jedenfalls nicht zu erkennen. Sie war jünger, als Tammy angenommen hatte. Nicht Alter, sondern Erfahrung hatte die Linien um Augen und Mund in ihr Gesicht gegraben. Diese Linien verschoben sich jetzt, und ihr Mund wurde schmaler.

»Ich habe immer noch Hunger«, sagte die Frau mit ausdrucksloser Stimme. »Und Sie haben auch nur diesen Drink gehabt.«

»Und brauche noch einen«, sagte Tammy. »Aber nicht hier. Da gibt es ein ruhigeres Fleckchen, gleich da drüben.« Sie blickte in Richtung des summenden Neonschilds, auf dem Kasey's stand.

»Na gut, Mrs. Simms.«

Ihr Name auf den Lippen dieser Frau ließ Tammy frösteln.

Im Kasey's waren ganze zwei Tische besetzt, und auf der Speisekarte standen nur vier Gerichte. Tammy bestellte erneut eine Cola mit Rum und die Blondine ein Klubsandwich, das sie jedoch unangetastet auf dem Teller liegenließ, als Tammy ihr sagte, was sie ihr zu sagen hatte.

»Ich weiß, was Sie von mir denken«, sagte Tammy. »Sie denken, ich bin irgend so ein blondes, dummes Flittchen, wie's die Zeitungen dargestellt haben, ohne es tatsächlich zu sagen, wenn Sie wissen, was ich meine. Und Sie glauben, es sei meine Schuld, daß Marty Watts tot ist und mein Mann wegen Totschlags im Gefängnis sitzt. Das macht mich zu etwas Schlimmeren als einer netten Biene, es macht mich zu so was wie einer Verbrecherin. Okay, das stimmt zum Teil ja auch. Ich bin eine Verbrecherin. Jedenfalls fühle ich mich wie eine.

Wissen Sie, es gibt da etwas, wohinter ich nie gekommen bin. Ich meine, es muß doch Tausende von Frauen wie mich geben, die Männer wie meinen haben und nicht wissen, was sie mit ihnen machen sollen. Männer, die Sachen anstellen, verstehen Sie? Krumme Dinger. Und die dann nach Hause kommen, einem davon erzählen, sich damit aufspielen, das Geld, das sie gestohlen oder ergaunert haben, auf die Bettdecke hinblättern und einem sagen, man solle glücklich darüber sein, ja, einem geradezu befehlen, ein glückliches Gesicht zu machen. Was tun Frauen wie ich, was sollen wir dagegen unternehmen? Ihnen sagen, was für schlimme Jungs sie sind, ausziehen, die Scheidung beantragen, die

Polizei rufen? Das kann man doch vergessen! Ehefrauen wie ich unternehmen gar nichts. Sie klagen, sie kauen an den Nägeln, sie machen sich Sorgen... und dann ziehen sie los und geben das Geld aus, als wär's ehrlich erworben, als wär's regulär verdienter Lohn. Und wenn der Mann heißen Schmuck mit nach Hause bringt, glauben Sie, wir tragen den nicht? Und wenn er von irgendeinem Trottel erzählt, den er leimen will, glauben Sie, wir gehen hin und warnen den Kerl?

Ja, ich rede von Ihrem Mann, von Mr. Watts, den Joey als letzten über den Tisch gezogen hat. Der arme Kerl hatte nicht die geringste Chance mehr, als Joey ihn in seine schmutzigen kleinen Hände bekam, ihm von all den Millionen vorschwafelte, die sie zusammen im Damenbekleidungsgeschäft machen würden, von all den tollen Models, die ihn umschwirren würden, wenn sein Name erst auf dem Türschild des Büros stünde... Ihr Mann muß jemanden gebraucht haben, der ihn aufbaut, Mrs. Watts, er muß wirklich tief verletzt und einsam gewesen sein... und da kam Joey daher und vermittelte ihm dieses Was-kostet-die-Welt-Gefühl. Eine Million! Soviel hat er Joey für seine Hälfte des Geschäfts bezahlt. Nur wurde dieses Geld nie ins Geschäft gesteckt, sondern Joey hinterlegte es bei einem Dritten, Joeys Lieblingsaufbewahrungsort für Geld, das er zu klauen gedenkt. Denn genau das wollte er tun, verstehen Sie? Joeys ›Handel‹ sollte in letzter Minute platzen, und das Kapital des armen Kerls dabei den Bach runtergehen. Den Bach runtergehen und direkt in den Taschen meines Mannes wieder auftauchen.

Nur passierte dann etwas Komisches, Mrs. Watts. Ihr

Mann war nicht der Trottel, für den Joey ihn gehalten hatte. Er war schlau genug, zu dem geplanten Geschäft die Meinung Außenstehender einzuholen, nämlich die seines Anwalts und seines Steuerberaters, und da wurde Marty langsam mißtrauisch. Er fing an, sich in der Geschäftswelt umzuhören und mit ein paar von Joeys anderen ›Geschäftspartnern‹ zu reden, und mit je mehr Leuten er sich unterhielt, desto schlauer wurde er. Hören Sie, ich weiß nicht, was zwischen Ihnen und Marty geschehen ist, aber eines kann ich Ihnen sagen: Ihr Mann war kein Idiot. Allmählich wurde mir der Bursche richtig sympathisch, obwohl ich ihm doch nie begegnet war.

Sie haben richtig gehört, Mrs. Watts. Ich bin Marty nie begegnet. Sie denken wahrscheinlich, ich lüge, aber es ist die Wahrheit. Ich habe den Menschen, mit dem ich ja eine heiße Liebesaffäre gehabt haben soll, niemals kennengelernt, wir sind einander nicht einmal vorgestellt worden.

Soll ich Ihnen erzählen, was wirklich passiert ist? Eines Abends war ich allein zu Hause, saß vor dem Fernseher und sah Talkshows, Spielshows, Filme und noch mehr Filme, das war halt mein Leben. Plötzlich klingelte das Telefon. Das regte mich nicht auf. Es war entweder meine Mutter, oder es war jemand für Joey. Ich hatte mich noch an keinem Ort lange genug aufgehalten, um irgendwelche Freundinnen zu haben. Diesmal war es allerdings Joey selbst, der aus Martys Wohnung anrief. Das war schon einigermaßen seltsam, kann ich Ihnen sagen. Joey machte sich sonst nie die Mühe, mich anzurufen, wenn er geschäftlich unterwegs war und die Stadt mit seinem neuesten Trottel unsicher machte, nicht einmal, um mittels irgendwelcher Ausreden

Bescheid zu sagen, daß er nicht vor dem Morgengrauen wieder zu Hause sein würde. Als ob mir das auch nur das geringste ausgemacht hätte. Ich mochte die Wohnung weitaus lieber, wenn Joey nicht darin war, und ich hatte auch das Bett gern ganz allein für mich. So sah unsere Ehe inzwischen aus, ja.

Da war nun also Joey am Apparat, und seine Stimme klang irgendwie komisch, so, als ob sein Kragen zu eng wäre, und er sagte, ich solle sofort zu Martys Wohnung kommen, es sei wichtig, daß ich augenblicklich käme. Ich wußte nicht mal die Adresse, er mußte sie mir durchgeben. Er sagte, ich könne das Haus nicht verfehlen, es sei dieses große Hochhaus in der West Side, das gerade erst fertiggestellt worden sei, das Haus mit den Hochhinausmieten, die kein Mensch mehr bezahlen könne. Ich fragte ihn, worum es denn eigentlich gehe, aber statt zu antworten legte er einfach auf, und da tat ich eben, was er mir aufgetragen hatte. Mir kam die verrückte Idee, daß es sich vielleicht um eine Party handeln könnte, daß Joey beschlossen hatte, sein Treffen mit Marty zu einem gesellschaftlichen Ereignis zu machen.

Als ich vor der Wohnungstür stand, klang es auch ganz nach Party. Ich konnte Musik hören, die Stimmen von Leuten, zu viele und zu laut. Als Joey die Tür aufmachte, wußte ich sofort, daß es nur eine Fernsehschau war. Sie kam aus einem dieser Monsterapparate, dessen Ton voll aufgedreht war. Der Fernsehschirm war das einzige Licht im Zimmer. Joey wartete im Dunkeln auf mich, und obwohl ich sein Gesicht nicht sehen konnte, wußte ich, daß er Angst hatte. Ich fragte ihn, wo sein Freund Marty sei, und er antwortete:

›Hier drin‹, und führte mich ins Schlafzimmer. Tja, dort sah ich Ihren Mann zum ersten Mal, Mrs. Watts, dort im Schlafzimmer. Marty war angezogen, trug aber weder Jackett noch Schlips. Er lag quer auf dem Bett, hatte die Knie bis zum Kinn hochgezogen. Zuerst fürchtete ich, er wäre betrunken und Joey hätte mich nur rübergerufen, damit ich ihm dabei half, Marty wieder nüchtern zu kriegen. Dann wünschte ich, er wäre wirklich nur betrunken gewesen, denn als Joey die Nachttischlampe anknipste, sah ich das Blut überall auf dem Bettzeug, es war darauf verteilt, als wenn's ein Sonnenuntergang wär. Mir wurde schlecht, aber Joey gestattete mir diese Erleichterung nicht. Er packte mich am Arm und sagte: ›Hilf mir, ihn auszuziehen!‹

Ich dachte, er wäre übergeschnappt, aber er wollte mir meine Fragen nicht beantworten, wollte mir nicht sagen, was passiert war. Er war völlig außer sich, aber gleichzeitig auch beherrscht, wenn Sie wissen, was ich meine. Wie eine Maschine, die immer weiter das machen muß, wozu sie gebaut worden ist. Er riß Marty die Schuhe, diese glänzenden Gucci-Slipper, von den Füßen und fing dann an, das Hemd aufzuknöpfen. Seine Hände zitterten, aber er war sehr vorsichtig, denn er wollte keine Knöpfe abreißen. Als er anfing, an den Hosen des armen Kerls zu zerren, wurde ich irgendwie hysterisch, und da mußte er mir dann ein bißchen Aufmerksamkeit schenken. ›Okay, okay‹, sagte er. ›Ich mach das hier, und du ziehst inzwischen deine Klamotten aus.‹ Genau das hat er zu mir gesagt, aber wenn er angenommen hatte, das würde mich beruhigen, dann war er noch verrückter, als ich gedacht hatte. Ich mußte da raus, raus aus diesem Alptraum, aber Joey wollte mich nicht weglassen.

Da hat er mir dann die ganze Geschichte erzählt. Von Marty und dem Treuhänderkonto, von dem Kleiderladen, den er überhaupt nicht hatte kaufen wollen, und daß Marty den Betrug durchschaut und nicht die Absicht gehabt hatte, Joey ungeschoren davonkommen zu lassen. Marty habe nicht nur sein Geld zurückgefordert, sagte Joey, sondern er habe auch Blut sehen, ihn für zehn Jahre in den Knast schicken wollen. Er sei völlig ausgeflippt, sagte Joey, und deshalb habe er das einzige getan, was ihm eingefallen sei. Er hat also Marty gesagt, er wolle sich an jenem Abend mit ihm treffen, und zu der Aussprache eine kleinkalibrige Pistole mitgenommen, nur für den Fall, daß Marty ihm seine Argumente nicht abkaufen würde.

Ich weiß bis heute nicht, ob sich Joey sein Alibi schon zusammengebastelt hatte, bevor er Ihren Mann erschoß oder erst hinterher. Wie ich Joey kenne, war es vorher. Er wollte einfach nicht, daß ich wußte, welche Rolle ich bei der Geschichte spielen sollte. Ich sollte so überrascht sein, wie ich es dann auch war, als er mich zu Hause anrief und sagte, ich solle rüberkommen, und als er mich aufforderte, mit einem Toten ins Bett zu gehen.

Ich habe meinen Mann nie so sehr gehaßt wie in jener Nacht. Und doch tat ich, was mir befohlen wurde. Fragen Sie mich nicht, warum. Es war, als wäre ich an ihn gekettet, als würde ich überallhin mitgeschleift, wohin er ging, ganz egal, wie tief oder schlammig die Grube war, in die er kroch. Er zog Ihren Mann aus, sagte mir, in dem fast leeren Haus hätte niemand den Schuß gehört, zudem habe der Fernseher alles übertönt, keinem von uns beiden drohe irgendeine Gefahr, auf uns könne am Ende des Regenbogens immer noch ein Topf voller Gold warten. Er nahm Martys Sachen und wickelte sie in Zeitungspapier ein. Er ging ins Wohnzimmer und stellte den Fernseher ab, dann hinaus in den Flur, um das Bündel in den Schacht der Verbrennungsanlage zu werfen. Als er wieder zurückkam, starrte er mich wortlos an. Da zog ich mich aus. Und Joey ging zum Telefon und rief die Polizei an.«

»Aber er ist nicht ungeschoren davongekommen«, sagte die Blondine mit dem durchdringenden Blick.

»Nein«, sagte Tammy. »Joey hatte auch nie damit gerechnet, daß die Sache vollkommen straffrei ausgehen würde, obwohl er sich ein milderes Urteil erhofft hatte als die drei Jahre, die er dann bekam. Sein Anwalt, Bromberg, erklärte ihm, einige Richter hätten was gegen das ›ungeschriebene Gesetz‹, seien gar nicht glücklich über Leute, die andere Leute totschlagen, selbst wenn es sich dabei um Ehebrecher handelt und die Tat in eifersüchtiger Raserei begangen wird. Aber drei Jahre sind besser als zwanzig bis lebenslänglich, und Joey rechnet damit, daß er in achtzehn Monaten oder weniger wieder draußen ist. Erst heute hat er mir gesagt, er werde im kommenden Juni wieder frei sein. Ich kann Ihnen gar nicht sagen, wie sehr mir bei dieser Vorstellung graut.«

»Selbst wenn der Topf mit dem Gold noch abholbereit beim Treuhänder steht?« Die Blondine lächelte dünn und langte nach ihrer Handtasche.

»O Gott, tun Sie das nicht!« jammerte Tammy. »Sie müssen mir glauben! Jedes Wort, das ich gesagt habe, ist wahr. Ich war nicht die Freundin Ihres Mannes, sondern der Sündenbock für meinen!«

»Aber Marty war gar nicht mein Mann«, sagte die andere. »Er war bloß jemand aus unserer Gegend, den ich kannte. Ich lernte ihn kennen, als ich den Diebstahl von Lohngeldern in seiner Fabrik untersuchte.« Sie nahm ein kleines Tonbandgerät aus ihrer Stofftasche und prüfte das darin befindliche Band. »Natürlich habe ich hier in diesem Bundesstaat keinerlei Befugnisse, aber das bedeutet nicht, daß ich der hiesigen Polizei nicht aushelfen darf. Würde es Ihnen etwas ausmachen, wenn wir das Ganze noch mal durchgingen, ganz kurz?« Sie lächelte. »Und eins verspreche ich Ihnen: Sie brauchen nicht zu befürchten, daß Sie Ihren Mann allzubald wiedersehen.«

Tammy starrte auf die Pistole, von deren Halfter ein winziges Stückchen sichtbar war. Aber Kommissarin Joanne Wheeler von der Polizei in Scranton war befugt, die Waffe bei sich zu tragen, ob im Dienst oder nicht.

Die Großmutter-Story

Amalie hatte vor der Verlobungsfeier noch tausend Dinge zu erledigen, und als ihre Mutter diesem Programm noch einen weiteren Punkt hinzufügte, rebellierte sie in dem ruhigen, entschiedenen Ton, in dem sie sonst nur zu den Dienstboten sprach.

»Ich möchte Großmutter nicht besuchen«, sagte sie. »Als wir Weihnachten in Middleburg waren, hat sie mich kaum noch erkannt.«

»Das war aber kein Zeichen geistigen Verfalls«, antwortete die Mutter, »sondern du hast dich sehr verändert, mit dem kurzen Haar, dem neuen Make-up und allem. Deine Großmutter ist so gut beieinander wie eh und je, Amalie. Sie weiß alles von dir und Derek, und sie möchte ihn so gern kennenlernen.«

»Brauche ich etwa auch noch ihre Zustimmung? Müssen wir die Verlobung lösen, wenn sie Derek nicht mag?«

Doch dann mußte sie lächeln. Natürlich war Großmutter Weston die Quelle des Familienvermögens, aber die Gefahr einer Enterbung war nicht gegeben. Das Geld der Familie führte inzwischen ein Eigenleben, hockte aufgeplustert in großen grauen Banken, wuchs stetig, beruhigend und unsichtbar im Hintergrund ihrer aller Leben. Die Notwendigkeit, über Geld zu reden, bestand einfach nicht, und

Amalie und ihre Eltern taten es folglich auch nicht. Jahrelang war eher Amalies enttäuschender Umgang mit dem anderen Geschlecht das Hauptgesprächsthema gewesen, hatte sie doch einen Bewerber nach dem anderen mit ihrer Weigerung, »sich Mühe zu geben«, wie Tante Toby es genannt hatte, vertrieben. Es schien ihr vollkommen gleichgültig zu sein, was sie im Spiegel sah oder an Kleidern aus dem Schrank zerrte. Wahrscheinlich war das eine Reaktion auf die ausschließliche Beschäftigung ihrer jüngeren Schwester Dina mit Gesichtsbehandlungen, Fitneßkursen und Designerklamotten. Dina hatte mit zwanzig geheiratet, und Amalie war mit einunddreißig noch immer ledig, als sie endlich Derek Roker kennenlernte und beschloß, der kunstvollen Nachhilfe eine Chance zu geben.

»Ich werd dir sagen, was ich nicht ausstehen kann«, seufzte Amalie. »Daß ich mir, wenn wir nach Middleburg fahren, nur wieder eine Großmutter-Story anhören muß.«

»Sie hat halt ein langes Leben hinter sich«, sagte ihre Mutter, »und deshalb das Recht, ein paar Lehren daraus zu ziehen.«

»Aber warum soll ich gezwungen sein, sie mir anzuhören? Sie sind immer so ... so witzlos.« Sofort empfand sie Reue, weshalb sie die Hand auf die ihrer Mutter legte. »Also gut. Ich muß ihr Derek wohl vorstellen, da sie ja bei dem Empfang nicht dabeisein kann und vielleicht nicht einmal mehr ...« Sie hielt bei diesem Gedanken, der ihr so nebenbei gekommen war, inne, nämlich daß ihre Großmutter, inzwischen Mitte Achtzig, die Hochzeit vielleicht nicht mehr erleben würde. Aber alle Mütter sind Gedankenleserinnen.

»Derek wird's bei Großmutter gefallen«, sagte sie kühl. »Da sind die Pferde und die Autos, beides Dinge, die er mag, nicht wahr? Filipo kann euch hinfahren, wenn ihr wollt.«

»Derek wird selber fahren«, sagte Amalie.

Sie lächelte ihre Mutter auf einmal freundlich an. Sie hatte eine Idee. Diesmal würde sie die Großmutter fragen, ob es wirklich stimmte, was man munkelte, nämlich daß sie einmal einen Mord begangen hatte.

Derek Roker fuhr leidenschaftlich gern Auto. Das hatte sie gleich bei der ersten Verabredung erfahren, als er ihr erzählte, daß der Mercedes Baujahr neunundsechzig schon sein dritter Wagen in dem Jahr war – und da war es erst Juli gewesen. Er gestand ihr mit einem Anflug von Stolz, daß er seine Autos ständig wechsele. In dem Laboratorium in Norfolk, wo sie sich kennengelernt hatten, ging das Gerücht um, daß er diesen Grundsatz auch auf Frauen anwende.

Amalie hatte an der Universität von Virginia Biologie studiert und daran gedacht, die Laufbahn einer Biophysikerin einzuschlagen. Aber schon nach wenigen Monaten, in denen sie in dampfenden Bottichen Zellkulturen gezüchtet hatte, was ihr wie eine abstoßende Form des Kochens erschien, war sie zu dem Schluß gekommen, daß sie einen Fehler begangen hatte. Sie hätte den Job vielleicht schon sehr viel eher wieder aufgegeben, wenn da nicht Derek gewesen wäre, dem ihr eigenartiger Sinn für Humor und ihr Mangel an weiblicher Raffinesse zu gefallen schienen. Ihrer Meinung nach fand er das erfrischend. Tante Toby deutete zwar die Möglichkeit dunklerer Motive an, aber ihre Tante begegnete allen ihren Freunden, die weniger betucht waren als sie, mit Mißtrauen.

Am Sonntag morgen in aller Frühe fuhren sie also auf dem Blue Ridge Parkway in Richtung Middleburg, und die Berge schienen zum Anfassen nahe zu sein. Derek war allerdings weit mehr von den Pferdefarmen beeindruckt, die es hier anscheinend überall gab. Als Amalie in geringschätzigem Ton Fuchsjagden im Kreis Loudoun erwähnte, wollte Derek wissen, ob sie schon jemals an einer teilgenommen hatte.

»Ein einziges Mal, von Carter Hall aus. Es war wie ein Stück Vergangenheit, das Bellen der Jagdhunde und alles, was dazugehört, nur daß man gleichzeitig die Düsenflugzeuge auf dem Dulles-Airport hören konnte.«

Der Landsitz von Mrs. Weston in Middleburg war auf den ersten Blick keineswegs eindrucksvoll. Es gab keine Steinpfosten, die die Einfahrt markierten, und keine Zäune, die seine hundert Morgen Grund einfaßten. Nur die Linden, welche die einige hundert Meter lange Zufahrt säumten, gaben einem einen Vorgeschmack von dem massiv gebauten, mit weißen Säulen geschmückten Herrenhaus, in dem die alte Dame mit vier Dienstboten und ebenso vielen Hunden lebte. Dereks »Donnerwetter!« sagte alles.

Amalies Großmutter war eigentlich an den Rollstuhl gefesselt, aber als sie den von Amalie so genannten zweiten Salon betraten, saß sie auf einem kleinen Sofa. Sie gestattete Amalie einen Kuß auf ihre gepuderte Wange und begrüßte Derek mit erstaunlich kräftigem Händedruck. Amalie fand, daß sie für ihr Alter wunderbar jung aussah, aber die Augen, die Derek betrachteten, waren alt und prüfend.

Der Austausch von Höflichkeiten nahm nicht mehr als fünf Minuten in Anspruch, dann war die Übersicht über Gesundheit und Wohlergehen aller Familienangehörigen abgeschlossen. Nun kam die Großmutter auf Amalie und ihre Zukunftspläne zu sprechen und meinte: »Ich bin froh, daß du so lange gewartet hast. Als ich zum ersten Mal geheiratet habe, war ich sechsundzwanzig, und das galt als sehr alt. Zu meiner Zeit pflegten sich die Frauen Hals über Kopf in die Ehe zu stürzen, und für viele von ihnen war das gleichbedeutend mit einer Art vorzeitigem Begräbnis.« Sie lächelte, um ihre Worte abzumildern, und Derek, der annahm, daß sie scherzhaft gemeint waren, lachte beifällig. »Ich könnte mir denken, daß Sie sich gern mal den Besitz ansehen würden«, sagte sie zu ihm. »Meine Tochter hat mir erzählt, Sie interessierten sich für Pferde und Autos, und von beidem gibt es hier eine ganze Menge.«

»Ich kann ihn ja herumführen«, erbot sich Amalie hoffnungsvoll, aber die alte Dame ergriff ihre Hand und sagte: »Nein, nein, das kann Mitchell machen, er ist es gewohnt, Besucher herumzuführen. Und wir beide müssen mal miteinander reden.«

Amalie blickte ergeben drein. Sie wußte, was kam. Die Großmutter-Story.

»Dein junger Mann sieht aus, als wäre er in Ordnung«, sagte die Großmutter. »Aber bei meinen Augen sieht jeder große, gutgebaute junge Mann wie ein Adonis aus. Um ehrlich zu sein, als ich in deinem Alter war, waren meine Augen auch nicht viel besser, aber natürlich gab es damals noch keine Kontaktlinsen, und der Gedanke, eine Brille aufzusetzen... Das tat man einfach nicht, meine Liebe, jedenfalls nicht, wenn man in heiratsfähigem Alter war. Es spielte keine Rolle, daß ich immer, wenn ich einen Mann kennenlernte, die Augen zusammenkneifen mußte, um herauszufinden, ob er wie Cary Grant oder Wallace Beery aussah oder wie das männliche Idol eben gerade hieß... Ja, wir verließen uns da ganz auf den Film, sogar schon zu meiner Zeit.

Ich kann nicht besonders anziehend ausgesehen haben mit meinen schwachen Augen und meinem reizlosen Gesicht. Bitte streite es nicht ab, du hast dir ja die Familienalben angeschaut und weißt sehr wohl, daß ich ein dürftiges kleines Ding war. Nicht gerade häßlich, nein, aber eben auch nicht das Traumbild junger Liebe. Es war deshalb keineswegs überraschend, daß sich nicht allzu viele Herren um mich bemühten, zumindest nicht solche, die die Zustimmung meiner Eltern gefunden hätten.

Das Hauptproblem war natürlich das Geld. Das Geld schränkte meine romantischen Möglichkeiten ein. Die jungen Männer mußten aus Familien stammen, die wir kannten, aus Familien mit prominenten Namen, was natürlich hieß: aus reichen Familien. Die Jungen und Mädchen unserer Kreise mußten gleichrangig sein, wobei die Gleichheit durch den Aktienbesitz bestimmt wurde. So sagten die Erwachsenen das natürlich nie. Sie sagten, es sei unsere gesellschaftliche Klasse, die zähle. Nun, was mich betraf, so war das eine sehr kleine Klasse.

Natürlich hatte ich Verabredungen. Sie wurden für mich arrangiert, manchmal auf eine so unaufdringliche Art und Weise, daß ich glaubte, ich hätte es selbst getan. Du lieber

Gott! Der Einfallsreichtum verzweifelter Eltern! Meine versuchten es erst gar nicht mit den begehrenswerten, den gutaussehenden Jungs, den Campusathleten. Ich kriegte die Pickligen, die Dicken, die Jungs mit Brille. Für Männer bedeuteten Brillen kein Stigma. Ich kam schon bald dahinter, daß sich selbst die reizlosesten dieser Burschen nach den hübschen Gesichtern umdrehten. Ach, wie ich mich nach einem gutaussehenden Heiratsschwindler sehnte! Aber die Abwehr der Familie war zu stark.

Ich nehme an, ich darf mich über das Leben, das ich geführt habe, nicht beklagen. Wir waren sehr reiche Kinder, meine Schwester Louise und ich. Jeden Winter segelten wir mit der Jacht meines Vaters in die Karibik. Unsere Kleiderschränke quollen über. Wir hatten Pferde, Autos und Diener. Das Haus war voll von ihnen. Wir waren zu viert, bis Louise dann heiratete und wir sechs waren, den kleinen Toby eingeschlossen, aber es müssen zwölf bis fünfzehn Dienstboten gewesen sein, die jederzeit um unser Wohl bemüht waren. Unser Butler hieß Beech. Er herrschte wie ein König über die Angestelltenschar, aber Louise und ich wußten gleichwohl, daß die eigentlichen Majestäten des Hauswesens wir waren.

Ich war fast fünfundzwanzig, als ich mich, wie man so sagt, ernsthaft mit einem Mann einließ. Ich denke, du weißt, was ich meine. Ich mochte ihn nicht besonders, und er redete von nichts anderem als von Immobilien und seinen schlauen Geschäften, selbst in intimen Situationen. Er entsprach ganz und gar nicht meinen Idealvorstellungen, aber als er dann mit einer anderen durchbrannte, war das so unerwartet und verletzend, daß ich wochenlang weinte. Meine

Eltern fingen an, sich wegen meines Nervenzusammenbruchs, wie sie es nannten, Sorgen zu machen, und schlugen einen längeren Erholungsurlaub vor.

Ich fuhr in den Danville Beach Club auf einer Insel vor der Küste South Carolinas. Du kennst ihn nicht, er ist schon vor Jahren abgerissen und durch Dutzende von Eigentumswohnanlagen ersetzt worden, aber zu meiner Zeit war er noch eine jener luxuriösen, vornehmen Kurstätten an der See, wo im Speisesaal Mozart gespielt wurde. Der Klub war ruhig und außerordentlich teuer, was gewährleistete, daß er voller reicher alter Leute war, unter denen nur ein paar trübselige jüngere herumsaßen wie ich. Immer schien die Sonne, und das Meer war immer ruhig, aber bei den Preisen hätten sie auch gar nicht gewagt, etwas anderes zu sein.

Ich war gerade erst zwei Tage dort, als mir der Mann auffiel, der beim Frühstück ein Buch las. Er war allein, Anfang Dreißig, groß, breitschultrig und von fast schon dunkelbrauner Gesichtsfarbe. Auf eine sehr männliche Weise gutaussehend, könnte man wohl sagen. Ich erinnere mich, daß ich dachte: ein bißchen zu männlich für das Buch, das er liest. Es war *Mansfield Park* von Jane Austen.

Ich hatte Jane Austen nie besonders gemocht und mich immer zu hellhäutigen Männern hingezogen gefühlt, aber als er mir zulächelte, bekam ich einen Anfall von rasendem Herzklopfen. Sein Lächeln hatte einen ganz einfachen Grund. Auch ich hatte ein aufgeschlagenes Buch auf dem Tisch. Es war ein Lächeln des Erkennens.

Ich hatte mein Buch immer noch vor der Nase, als ich anschließend auf der Terrasse saß, wo mich riesige rosa gestreifte Schirme vor der teuren Sonne schützten. Als er erschien, betete ich, daß er sich nicht neben mich setzen möge... nicht, weil mir seine Aufmerksamkeit unlieb gewesen wäre, sondern weil er dann vielleicht gemerkt hätte, daß mein Buch nur ein Kriminalroman war.

Nun, ich brauchte keine Angst zu haben, denn er setzte sich ganz und gar nicht in meine Nähe. Aber er las auch nicht in *Mansfield Park*, sondern starrte aufs Meer hinaus, die dunklen Augen voll traurigen Verlangens. Jedenfalls beschloß ich, das so zu interpretieren. In Wahrheit konnte ich ihn gar nicht gut genug erkennen, um zu wissen, was er machte.

Normalerweise ließ ich im Gedanken an meine Linie das Mittagessen aus, aber an jenem Tag ging ich in den Speisesaal. Als ich ihn dort nicht entdecken konnte, kompensierte ich das, indem ich einen riesigen Salat aß.

Beim Abendessen hatte ich keinen großen Appetit, woran vor allem der traurige Gedanke schuld war, daß er diesmal nicht allein sein würde, daß sich die Ankunft seiner Frau nur verzögert hatte. Aber nein. Er war da, und zwar mit seinem Buch. Und ich war da, mit meinem Buch. Nein, das ist der schmähliche Teil. Es war nämlich überhaupt nicht mein Buch. Der Kriminalroman steckte wieder in seinem Halfter, und ich las ein Buch aus der Leihbücherei von Danville. Es war *Stolz und Vorurteil*.

Das war wahrscheinlich das Raffinierteste, was ich je getan habe, so albern es auch klingt. Aber an jenem Abend setzte er sich bei einem Klavierkonzert, das zum Unterhaltungsprogramm des Hotels gehörte, neben mich, und irgendwie kamen wir ins Gespräch. Er sagte, er habe zufällig gesehen, was ich läse, und das sei ein so erstaunlicher Zufall, daß er mir das mitteilen müsse.

Am nächsten Morgen erschienen wir beide ohne unsere Jane Austens, und er fragte mich schüchtern, ob er sich beim Frühstück zu mir setzen dürfe. Bei einem so großen Mann wirkte diese Schüchternheit ungemein gewinnend. Ebenso die Tatsache, daß er mir gestand, er finde sein Buch sehr schwierig. Er habe nicht sehr viele Klassiker gelesen, sagte er, und wisse, daß das ein Fehler sei. Er habe sich gedacht, dieser Urlaub in Danville sei ideal dafür geeignet, etwas für seine Bildung zu tun.

Ich beschloß, genauso ehrlich zu sein, und sagte ihm, ich ziehe Agatha Christie Jane Austen als Ferienlektüre vor, und schon bald lachten wir zusammen. Ich kann gar nicht sagen, was für eine beispiellose Erfahrung das für mich war. Denn Martin, so hieß er, Martin war der erste junge Mann, mit dem ich zusammen lachen konnte.

An jenem Abend setzten wir uns beim Essen wieder an einen Tisch, ohne daß es einer von uns direkt vorgeschlagen hätte. Er wußte von sich nicht allzuviel zu erzählen, nur, daß seine Familie im Transportgeschäft tätig sei, daß er in seiner Jugend viele Jahre damit zugebracht habe, sich das Land anzuschauen, daß er Schule und Bildung nie ernst genommen habe und das heute bereue. Ich hatte über mich noch weniger zu berichten. Ich war entsetzt, wie dürftig meine Biographie war, wenn man einmal meine kläglichen Versuche, zu einem Mann zu kommen, ausnahm… ein Thema, das ich ja wohl kaum mit ihm erörtern konnte.

Mein farblosesr Hintergrund schien aber sein Interesse nicht zu vermindern. Wir fingen an, lange Strandspaziergänge zu machen. Als er hörte, daß ich nicht schwimmen könne, erbot er sich, es mir im Pool des Hotels beizubringen. Ich stellte mich recht ungeschickt an und lernte langsam, aber es gab viel zu lachen und eine Menge unvermeidbarer Berührungen. Ich glaube nicht, daß ich damals wirklich schwimmen gelernt habe – ich habe es bis heute nicht ausprobiert –, aber ich werde nie das Erregende an diesen Unterrichtsstunden vergessen.

Von jenem Tag an verbrachten wir viele, viele Stunden zusammen. Frag mich nicht, worüber wir geredet haben. Ich kann mich an keine einzige Unterhaltung erinnern. Wir versuchten, über Bücher zu sprechen, aber er gestand mir, daß er nicht sehr belesen sei. Wir diskutierten über Filme und Theaterstücke, das heißt, mehr über erstere. Über Songs, die wir mochten, über Lieblingsgerichte. Wir erzählten uns Anekdoten von exzentrischen Verwandten. Die Worte bedeuteten nicht sehr viel. Worauf ich einzig und allein wartete, das war seine erste Umarmung, war der erste Kuß. Und natürlich kam es schließlich auch dazu.

Eines Abends fragte er mich in seiner so reizend schüchternen Art, ob er zu mir kommen dürfe. Ich sagte, ich dächte nicht, daß das recht sei, und er entschuldigte sich sofort. Am nächsten Tag war er höflich, aber distanziert, nicht etwa, weil er gekränkt gewesen wäre, sondern weil er dachte, ich sei es. Es dauerte einen ganzen Tag, bis wir uns wieder versöhnten, und es waren die quälendsten vierundzwanzig Stunden meines Lebens. Als wir endlich, beide gleichzeitig redend, die Sache bereinigt hatten, nahm er mich in die Arme, und das war der glücklichste Augenblick, den ich je erlebt hatte. Ich sagte ihm, daß ich ihn liebe.

Ach, du hättest seinen Gesichtsausdruck sehen sollen! Wenn ein Gesicht jemals Schmerz gezeigt hat, dann Martins in diesem Augenblick. Seine Augen hatten ebenden gequälten Blick, den ich mir vorgestellt hatte, als er hinaus aufs Meer starrte. Ich hatte den ernüchternden Gedanken, ja, die Gewißheit, daß er etwas vor mir verborgen hielt, etwas, was ihn daran hinderte, meine Worte nachzusprechen, meine Gedanken zu denken, in meinen Traum einzutreten. Gab es in seinem Leben eine andere, war er verheiratet, war dieser einsame Urlaub nur eine Lüge, eine Illusion, eine Flucht? Ich war jedoch nicht in der Lage, ihn zu fragen. Ich weinte.

Da gestand er es mir.

Ja, sagte er, er habe mich getäuscht. Es tue ihm schrecklich leid. Er hätte mir gleich die Wahrheit sagen sollen. Am Anfang sei es ihm jedoch unnötig vorgekommen, sei ihm die Täuschung harmlos erschienen. Er habe geglaubt, wir würden nach diesem Urlaub beide wieder unserer Wege gehen, bereichert durch unsere Begegnung, aber in keiner Weise herabgewürdigt. An die Möglichkeit, daß der Abschied herzzerreißend werden könne, habe er überhaupt nicht gedacht. Jetzt wünsche er fast, wir hätten diese Bücher nie mit in den Speisesaal gebracht.

Ich flehte ihn an, mir zu sagen, was es sei, ob eine Frau, eine Krankheit, ein in früherer Zeit begangenes Verbrechen, ich müsse es ganz einfach wissen. Und so sagte er es mir.

Er war Butler. Das war alles. Dieses eine Wort erklärte alles.

Er sei Butler im Dienst einer Familie, deren Haus nicht weit von unserem entfernt läge, ein Haus, in dem ich sicher schon einmal zu Gast gewesen sei. Er arbeite dort schon seit etlichen Jahren. Ohne Familie und bei freier Kost und Logis, habe er sein Geld sparen können. Alle paar Jahre gebe er eine beträchtliche Summe für seinen Urlaub in einem feinen Kurort aus und genieße es, zur Abwechslung einmal von anderen bedient zu werden. Wenn er gesagt habe, seine Familie sei im Transportgeschäft tätig, so bedeute dies, daß sein verstorbener Vater Fahrer eines Schulbusses gewesen sei. Als junger Mann sei er, Martin, aber wirklich im Land umhergezogen und habe seine Ausbildung vernachlässigt. Das alles entspreche der Wahrheit. Die Tatsache eingeschlossen, daß er mich liebe.

Dann ging er, und ich will nicht behaupten, daß ich ihm nachgerannt wäre, um ihm schluchzend zu versichern, daß mir das alles egal sei. Denn das war es mir wirklich. Ich war ganz verrückt nach ihm und konnte den Gedanken, ihn wegen eines einzigen Wortes zu verlieren, nicht ertragen.

Erst als ich ihn am folgenden Tag mit seinen Koffern am Hafen wiedersah, wußte ich, daß ich ihn nicht gehen lassen konnte. Ich kann mich immer noch sehen, wie ich dort im Sonnenschein zu ihm hinlaufe. Sehe mich selbst wie auf einer Kinoleinwand, bin der Star meines eigenen romantischen Films und fliege in Martins Arme.

Nun, ich will dich nicht mit den grauenvollen Einzelheiten dessen, was dann folgte, langweilen... die Streitereien mit der Familie, die Tränen, die gegenseitigen Beschuldigungen. Allmählich fand man sich mit der Realität ab. Martin und ich wurden schließlich im Rahmen einer schlichten standesamtlichen Zeremonie getraut. Wir machten unsere Hochzeitsreise in die Karibik und zogen dann in dieses Haus. Die wahre Liebe hatte den Sieg davongetragen.

Es war noch keine Woche verstrichen, nachdem wir uns hier in Middleburg häuslich eingerichtet hatten, als ich eines Nachts aufwachte und merkte, daß Martin aufgestanden war. Ich kannte seine nächtlichen Gewohnheiten noch nicht, wußte nicht, ob er vielleicht an Schlaflosigkeit litt. Ich nahm an, daß er nach unten gegangen war, um sich etwas zu essen oder zu trinken oder auch ein Buch aus der Bibliothek zu holen, obwohl mir letzteres nicht wahrscheinlich erschien. Als er nach einer halben Stunde immer noch nicht zurück war, zog ich mir einen Morgenrock über und ging nach unten. Ich konnte ihn nirgends finden, bezweifelte jedoch, daß er nach draußen gegangen war. Denn es war eine kühle Herbstnacht. Ich fing an, mir Sorgen zu machen, und tat das, was ich normalerweise tat, wenn ich eine Frage hatte. Ich ging nach unten, dorthin, wo die Hausangestellten wohnten.

Ich hörte die Stimmen, bevor ich auf dem Treppenabsatz um die Ecke gebogen war. Deshalb konnte man mich von unten nicht sehen, als ich dort stehenblieb und horchte. Es waren die Stimmen von Männern, von zwei Männern, und die eine war mir noch bekannter als die andere, obwohl sie jetzt rauher klang, als ich sie je gehört hatte. Es war die Stimme Beechs, unseres Butlers, und er sagte: ›Du dreckiger Lump, du! Du glaubst, ich werde deine Befehle befolgen?‹

›Klar wirst du das‹, antwortete mein Mann und lachte ein tiefes, kehliges Lachen, aus dem eine so dämonische Freude herausklang, daß mir fast schlecht wurde. ›In deinem Alter kriegst du nichts Besseres mehr, Beechy-Boy, du warst doch schon ein alter Mann, als ich noch für dich gearbeitet habe... Tu ganz einfach deine Arbeit‹, sagte mein Mann, ›tu deine Arbeit, denk immer schön dran, Sir zu sagen, und wir werden prima miteinander auskommen.‹

Ich ging wieder nach oben, und wenige Minuten später kroch auch mein Mann ins Bett zurück. Ich zitterte am ganzen Körper, aber er merkte nichts. Er lag mit offenen, in der Dunkelheit glänzenden Augen da, und anstatt zu schlafen, dachte ich darüber nach, was ich zu tun hätte.

Du kennst den Wald hinter dem Haus. Natürlich. Da gibt es in der Nähe des alten Pumpenhauses eine Stelle, wo die Bäume so dicht stehen, daß kein Sonnenlicht durchkommt. Dort wachsen Pilze, ganze Hexenringe schwammiger und übel aussehender Dinger. Ich hatte das Rezept für ein Rindfleisch-Stew mit Pilzen. Es stand in einem alten Kochbuch mit dem Titel *Das Kochbuch für die junge Hausfrau*, und ich sagte der Köchin, die junge Hausfrau wolle es selber zubereiten. Er machte mir noch Komplimente, bevor er starb. Sein Tod war ein ›Unfall‹. Zwei Jahre später heiratete ich den Mann, der dein Großvater war.

Jetzt aber Schluß damit«, sagte die Großmutter und lächelte. »Du darfst nicht vergessen, dein Verlobungsgeschenk mitzunehmen.«

An der Haustür fragte Amalie das Dienstmädchen Claudine, ob sie wisse, wohin Mitchell mit ihrem Verlobten auf dem Rundgang über den Besitz gegangen sei. Sie erfuhr, daß Mitchell gerade allein zurückgekehrt war und unten in der Küche beim Essen saß.

Amalie hatte keinerlei Schwierigkeiten, Derek zu finden. Sie hörte das Geräusch eines laufenden Motors und ging zur

Garage, die acht Wagen Platz bot und die umfangreiche Familiensammlung von Automobilen – alten und neuen – beherbergte. Derek sah sie nicht kommen, denn das süße Dröhnen des Porschemotors nahm all seine Aufmerksamkeit in Anspruch. Gerade als Amalie ins Tor der Garage trat, stellte Derek den Motor ab und stieg aus dem Auto. Er legte die Hand auf das glatte Metall und strich mit sinnlichem Genuß über die Rundung des Kotflügels. Dann trat er zurück, um die Gesamtheit der vor ihm versammelten Wagen zu betrachten. Als er seine Fäuste in die Seiten stemmte, wirkte seine Haltung wie die eines Eroberers.

Amalie stand im Garagentor, und ihr wurden die Knie weich, aber nur für einen kurzen Augenblick. Dann war sie wieder stark und rief mit fester Stimme Dereks Namen. Sie fuhren in seinem alten Mercedes nach Hause, und Amalie hielt während der ganzen Fahrt das Verlobungsgeschenk der Großmutter umklammert. Es war in ein Geschenkpapier mit Blumenmuster eingewickelt, aber sie konnte die Form fühlen und wußte, daß es ein Buch war.

Wieder daheim

Er war nicht auf die Erscheinung des Hauses vorbereitet. Die Backsteine sahen weit mehr nach Backsteinen aus, als er erwartet hatte. Die Fassade war nicht alabasterweiß, sondern von verblichenem Korallenrot. Die Säulen der Veranda hatten nicht die Höhe, die seine Phantasie ihnen gegeben hatte. Bern Secombe fragte sich, ob die alte Dame wohl auch anders aussehen würde.

Der Mann, der ihm öffnete, war in Hemdsärmeln und schob gerade den Hosenträger auf seine rechte Schulter. Er war mindestens siebzig, hinkte und hatte graues Haar. Trotz der Trägheit und des griesgrämigen Gesichts wußte Bern, daß er einen Diener vor sich hatte. Als er nach Mrs. Markey fragte, musterte der Alte den tristen Anzug, die wenig eindrucksvolle Körpergröße und das nichtssagende Gesicht des Besuchers und verlangte zu wissen, ob er erwartet werde.

»Ja und nein«, antwortete Bern wahrheitsgemäß.

Die Antwort schien den alten Mann nicht aus der Ruhe zu bringen. Er hatte bereits für sich entschieden, daß dem Besucher keinerlei Bedeutung zukam. Er schlurfte durch die Diele, vorbei an einer ins Obergeschoß führenden Treppe, zu der geschlossenen Flügeltür des Wohnzimmers, die er mit einer schnellen, triumphierenden Bewegung aufstieß, als wollte er sagen: »Da! Was sagen Sie dazu, Sie Niemand?«

Vor Bern tat sich eine Pracht auf, die frühere Generationen wohl mit ehrfürchtigem Staunen erfüllt hätte. Jetzt aber erinnerten die gewölbte Zimmerdecke, der Kronleuchter mit seinen tausend Prismen, die schwere Flockdrucktapete und die mit rotem Plüsch bezogenen Sitzmöbel eher an die Lobby eines guten Hotels im Mittleren Westen. Bern setzte seinen Fuß auf den dicken Flor des Aubusson-Teppichs und hielt nach Mrs. Beverly Markey Ausschau.

Sie war klein. Als Bern eintrat, erhob sie sich, aber ihr bodenlanges Kleid ließ die Umrisse ihres Körpers nicht erkennen. Ihr Haar war graublau, wohingegen die Farbe ihrer Augen hinter den sehr dicken Brillengläsern nicht zu erkennen war. Ihr Teint war für eine Sechzigjährige noch erstaunlich frisch, wohl deshalb, wie Bern vermutete, weil ihre Haut nur selten Wind und Wetter ausgesetzt wurde. Mrs. Markey war, wie jedermann wußte, eine Einsiedlerin. Sie hatte ihr Haus seit der Beerdigung ihres jüngsten Sohnes David Paul nicht mehr verlassen. Ihre Dienstmädchen, die Zwillinge Lily und Millie, erledigten die Einkäufe für sie, und ihr Diener Leon kümmerte sich um alles andere, was mit der Außenwelt zu tun hatte. Mrs. Markey war zwar eine Gewächshauspflanze, und doch war in ihrer Haltung etwas Eisernes, in ihrem Blick etwas Steinernes, das man hinter der Maske ihrer Brille nur erahnen konnte.

Leon sah so aus, als wollte er bei der Unterhaltung dabeibleiben. Er hatte sich schon vor langer Zeit zum Wächter über Mrs. Markeys Angelegenheiten ernannt, und sie mußte ihn zweimal auffordern, das Zimmer zu verlassen.

Bern sah nun wirklich recht harmlos aus, und so zuckte Leon schließlich die Achseln und humpelte hinaus, um sich mit allergrößter Wahrscheinlichkeit draußen vor der geschlossenen Tür zu postieren.

Mrs. Markey begrüßte Bern nicht und fragte ihn auch nicht, was er wünsche. Statt dessen nahm sie einen gefalteten Bogen zur Hand, der auf einem kleinen Tischchen lag, und las ihm seinen eigenen Brief vor:

»Sehr verehrte Mrs. Markey, mein Name ist Bernard Secombe. Ich arbeite für eine auf Kurverwaltungen spezialisierte Computerfirma, deren Hauptsitz sich in Florida befindet. Ich habe jedoch demnächst in der Gegend von Detroit zu tun und würde Ihnen gern einen Besuch am Pontoon Lake abstatten. Warum ich diesen Wunsch habe, kann ich Ihnen nur persönlich erklären. Im Augenblick muß es genügen, wenn ich Ihnen sage, daß es etwas mit Ihrem verstorbenen Sohn David Paul Markey zu tun hat.«

Sie ließ den Brief sinken und sah Bern an, ihre Augen zeigten in der Mitte der Brillengläser einen kalten, metallischen Glanz. »Mein Sohn ist schon seit mehr als dreißig Jahren tot, Mr. Secombe. Sie haben sich lange Zeit gelassen, um… um mit Ihren Reminiszenzen hierherzukommen.«

»Ganz so ist es nicht«, sagte Bern und räusperte sich.

»Offen gesagt, weiß ich nicht, wie Sie David gekannt haben können. Er war nicht sehr häufig von zu Hause fort. Einmal war er in einem Sommerlager, das sich Mohawk nannte, aber es gefiel ihm dort überhaupt nicht, und er blieb nur drei Wochen. Und auf der Schule in Burleigh war er nur ein Semester, bevor er ertrank. Bevor er ertränkt wurde.«

Bern hob den Kopf, als sie den letzten Satz auf diese

Weise ergänzte. Sie hatte das hinzugefügte Wort nicht betont.

»Was ich sagen will, Mr. Secombe, ist, daß mir nichts von irgendwelchen Jugendfreundschaften Davids bekannt ist. Deshalb sehen Sie es mir nach, wenn ich hinsichtlich dieses Besuches ein wenig skeptisch bin.«

»Ich habe nicht gesagt, daß ich Davids Freund war. Das war ich auch nicht.« Bern, dem die Beine schwach wurden, wünschte sich, er wäre zum Sitzen aufgefordert worden. »Es ist vielmehr so, daß David starb, bevor ich geboren wurde.«

»Sie sind wie alt?«

»Dreißig.«

»Sie sehen älter aus«, sagte sie mit der Direktheit, die ein Vorrecht des Alters ist.

»Ich wurde am 28. Januar 1961 geboren.«

Jetzt waren es die Beine der alten Dame, die schwach wurden. Sie setzte sich in einen riesigen Ohrensessel, der ihre kleine Gestalt noch kleiner erscheinen ließ. Bern kam zu dem Schluß, daß dies als Erlaubnis zu verstehen sei, sich ihr gegenüber auf das Ledersofa zu setzen.

»Es wird nicht leicht werden, das alles zu erklären«, sagte er. »Ich habe dem Tag meiner Geburt nie große Bedeutung beigemessen. Natürlich sind an jenem Tag noch unendlich viele andere Kinder zur Welt gekommen. Der Grund dafür, daß ich ihn jetzt doch für bedeutungsvoll halte, ist auch der Anlaß meines Besuches und des Wunsches, mit Ihnen zu sprechen. Ich werde es Ihnen nicht verdenken, wenn Sie sich nach Ablauf von fünf Minuten weigern, sich meine Geschichte noch weiter anzuhören… wenn Sie mich hinauswerfen oder mir androhen, die Polizei zu rufen. Ich weiß haargenau, was Ihr erster Gedanke sein wird, nämlich daß ich bloß hergekommen bin, um Sie irgendwie auszunutzen. Sie sind ganz offensichtlich eine sehr wohlhabende Frau, und Ihnen ist nur zu gut bekannt, daß die Welt voller Betrüger ist, von denen einige sogar am 28. Januar 1961 geboren sind. An ebendem Tag, an dem Ihr Sohn gestorben ist.«

Mrs. Markey hatte beide Hände flach auf ihre Wangen gelegt. Im Unterschied zu ihrem Gesicht waren diese Hände faltig und mit Altersflecken bedeckt. Aber trotz dieser Gebärde blieb ihre Stimme fest. »Ich höre«, sagte sie.

»Ich kam in Providence, Rhode Island, als Einzelkind zur Welt«, sagte er. »Meine Eltern starben bei einem Theaterbrand, als ich sechs Jahre alt war, weshalb ich bei meinen Großeltern aufwuchs, die beide eines natürlichen Todes starben, als ich auf dem College war. Ich wollte Ingenieur werden, aber meine mathematischen Fähigkeiten reichten nicht aus, und so gab ich das Studium im zweiten Jahr auf und fing als stellvertretender Manager in einem Hotel an. Ich habe seitdem noch ein paar andere Dinge getrieben. Im Augenblick arbeite ich für eine Firma, die in verschiedenen Kurorten Rechnerkapazitäten an die Verwaltungen verkauft. Keine Sorge, das ist alles an langweiliger Biographie, was ich Ihnen zumuten will.«

»Dann kommen Sie doch bitte zur Sache«, sagte Mrs. Markey.

»Glauben Sie mir, das würde ich gern. Das Problem ist nur, daß ich selbst nicht sicher bin, worum es eigentlich geht. Ich bin nicht sicher, ob ich Ihnen den Fluch, der mein Leben lang auf mir gelastet hat, erklären kann. Oder erklären kann, warum das alles passiert ist oder was Sie, wenn überhaupt, dagegen tun können.«

»Ich?« fragte die alte Dame.

Bern holte tief Luft – so tief, daß er den Duft ihrer Fliederseife, den Geruch der Zitrone auf der Untertasse des Teegeschirrs neben ihr und die herbe Süße verwelkender Rosen in einer Vase auf dem Couchtisch in sich einsog. »Als ich noch ganz klein war«, sagte er, »setzten diese Träume ein. Ich träumte von einem Haus, einem Haus an einem Seeufer, gebaut aus rotem Backstein und mit einer weiß verputzten Fassade. Die Veranda hatte sechs Säulen, und zu beiden Seiten standen große Buchsbaumbüsche.«

Er hielt inne, und die alte Frau sagte: »Beschreiben Sie etwa dieses Haus hier? Wenn ja, dann ungenau.«

»Ich weiß«, sagte Bern und sah vor sich auf den Teppich. »Die Fassade ist eher rosa. Es sind acht Säulen und nicht sechs. Und es gibt keine Buchsbaumbüsche.«

»Fahren Sie fort«, sagte Mrs. Markey leichthin. »Ich habe eine sehr fade Woche hinter mir, da ist das hier wenigstens amüsant. Was haben Sie also noch geträumt?«

»Ich träumte von einer Frau. Sie war dunkelhaarig und schön und hatte wunderbar sanfte Hände. Eine Frau, die immer nur dahinschwebte. Ich habe in meinen Träumen nie ihre Füße gesehen. Mag sein, daß ihre Kleider sehr lang waren, da bin ich mir nicht ganz sicher. Sie war so voller Liebe zu mir, daß es mich immer ganz traurig machte. Ich pflegte weinend aufzuwachen, und sei es nur, weil mir, wenn der Traum zu Ende war, diese Liebe fehlte.«

»Wissen Sie, wer diese Frau war?«

»Es war meine Mutter. Ich meine nicht meine wirkliche

Mutter... an sie kann ich mich kaum noch erinnern. Es ist fast so, als wollte mein Unterbewußtsein nicht, daß ich mich an sie erinnere.«

»Wenn es ein Wort gibt, das ich verabscheue«, sagte Mrs. Markey, »dann ist es das Wort Unterbewußtsein. Meine ganze Generation hat damit ständig die Fehler entschuldigt, die sie gemacht hat.«

»In meinen Träumen, die vor dem Brand im Orpheum einsetzten, war die Frau immer meine Mutter. Ob es auch einen Ersatzvater gegeben hat, weiß ich nicht, ich war mir seiner nicht bewußt. Doch des Hauses war ich mir sehr bewußt. Da waren seine vielen Zimmer, und draußen ein Rasen, der so ebenmäßig grün war wie ein neuer Billardtisch. In einigen der Träume kam übrigens tatsächlich ein Billardtisch vor. Ich durfte mit den roten und weißen Kugeln spielen. Jemand hob mich hoch und hielt mich, so daß ich sie mit dem Queue anstoßen konnte. Darf ich fragen, ob Ihnen das irgend etwas sagt?«

»Warum sollte es?«

»Schon gut«, sagte Bern lächelnd. »Mir bleiben noch ein paar wenige Minuten, deshalb will ich so viel erzählen wie möglich, bevor Sie endgültig zu dem Schluß kommen, daß ich verrückt bin. Ich will Ihnen erzählen, was geschah, als ich erwachsen wurde.«

»Ja«, sagte sie. »Bitte tun Sie das.«

»Die Träume hörten nicht auf. Im Gegenteil, sie wurden intensiver, detaillierter. Sie hatten Auswirkungen auf mein waches Dasein. Ich war ein sehr nervöser Mensch, manche würden wohl sagen neurotisch. In der Schule war ich schlecht, bei der Arbeit vergeßlich und gleichgültig. Mein gesellschaftliches Leben sah sogar noch schlimmer aus. Ich konnte, wie es aussah, keine Freundschaften schließen. Eigentlich freute ich mich immer nur, wenn der Tag vorbei war und ich wieder ins Bett gehen konnte, um in meine Träume zurückzukehren. Aber ich kam schließlich dahinter, daß es mehr als nur Träume waren.« Er schwieg eine Weile. Dann sagte er: »Es waren Erinnerungen.«

Während der Stille, die diesen Worten folgte, sah Bern auf das Gemälde über dem Kamin. Es war das Porträt eines grimmig blickenden Mannes, der einen Anzug von so ganz und gar tiefem Schwarz trug, daß der silberne Knauf eines Spazierstocks der einzige helle Punkt war.

Mrs. Markey rührte sich nicht. »Sie meinen, Sie erinnerten sich an Orte, die Sie in Ihrer Kindheit tatsächlich einmal gekannt hatten? Das habe ich auch schon erlebt. Ich habe meinem Vater einmal einen Raum geschildert... einen verräucherten Raum voller Männer mit dröhnenden Stimmen. Er war sehr überrascht. Ich war noch kein Jahr alt gewesen, als er mich einmal in den Union Club mitgenommen hatte, um dort mit seiner Erstgeborenen anzugeben.«

»Bei mir war das anders«, sagte Bern. »Meine Erinnerungen bezogen sich auf Orte, die ich noch nie gesehen, die ich niemals besucht hatte. Auf Menschen, die ich überhaupt nicht kannte, und auf Ereignisse, die gar nichts mit meinem Leben zu tun hatten. Ich behielt das alles natürlich für mich, obwohl ich einmal einem Mädchen davon erzählt habe, einem Mädchen, von dem ich dachte, daß ich es gern heiraten würde. Sie löste dann aber die Verlobung. Sie erzählte ihren Freundinnen, ich sei ihr unheimlich. Dieses Wort drückte genau das aus, was ich selber empfand.«

»Ich bin mir gar nicht ganz sicher, ob ich Sie verstehe«, sagte Mrs. Markey. »Sie wollen, wie mir scheint, andeuten, daß diese seltsamen Erinnerungen etwas mit mir und diesem Haus zu tun haben. Ist es das, was Sie mir sagen wollen?«

»Gibt es unten im Keller ein Billardzimmer, Mrs. Markey?«

Sie runzelte die Stirn. »Es gab eins, ja, aber das habe ich schon vor Jahren zugesperrt. Als dieses Haus zu Beginn des Jahrhunderts gebaut wurde, schwatzten alle Architekten den wohlhabenden Leuten Billardzimmer auf. So, wie sie ihnen heute Swimmingpools und Tennisplätze aufschwatzen.«

»Darf ich mal folgendes tun: Ihnen den Raum beschreiben? Die Beschreibung wird wahrscheinlich so ungenau ausfallen wie meine Erinnerung an dieses Haus, aber ich würde es gern versuchen.«

»Wir wollen also Spielchen miteinander spielen«, sagte Mrs. Markey und faltete die Hände im Schoß. »Na schön.«

»Es ist ein großer, ziemlich schmaler Raum mit Holztäfelung. Über dem Tisch befinden sich zwei Hängelampen, beide mit einem grünen Glasschirm. Es gibt nur ein Fenster, ein kleines, direkt unterhalb der Zimmerdecke, von draußen gesehen in Bodenhöhe. Natürlich sind auch Ständer für die Queues vorhanden, aber ich kann mich nicht erinnern, wo sie stehen.«

»Mr. ... Bernard, ist das Ihr Name?«

»Ich heiße Secombe. Bernard ist mein Vorname, aber normalerweise werde ich nur Bern gerufen.«

»Der Raum, den Sie mir gerade beschrieben haben,

könnte jedes Billardzimmer in jedem Haus sein. Darüber sind Sie sich doch im klaren.«

»Da gibt es noch eine weitere Einzelheit. Wenn man hineinkommt, steht gleich in der Ecke des Zimmers ein großer Buddha aus Jade.«

Ihr Mund wurde schmaler. »Tut mir leid, aber das beeindruckt mich keineswegs, Mr. Secombe. Es handelt sich dabei um ein Detail, von dessen Vorhandensein jeder Kenntnis haben könnte. Mein Vater war ein prominenter Richter und Politiker. Über ihn sind eine Reihe von Artikeln erschienen, auch Interviews mit ihm. Und dabei wurden nicht selten Einzelheiten publik gemacht, die ihn und dieses Haus betrafen.«

»Sie denken, dies sei ein übler Trick«, sagte Bern. »Das ist kein Wunder. Aber ich weiß nicht, wie ich mich sonst erklären, wie ich Ihnen diese unheimlichen Dinge, die mich mit Ihrer Familie verbinden, sonst nahebringen soll.«

»Dann darf ich also davon ausgehen, daß ich noch nicht Ihre ganze Vorstellung gesehen habe?« Fast kokett neigte sie ihren kleinen Kopf. »Dann fahren Sie fort und bringen Sie's zu Ende. Ich werde kein Wort mehr sagen, bis Sie sich vor dem Vorhang verbeugen.«

Bern stand auf.

»Eine große Rolle in meinen Träumen spielt die Treppe. In einem Traum trägt mich ein Mann nach oben, der nach Pferden riecht. Meine Mutter geht dicht hinter uns und ist über irgend etwas sehr beunruhigt. Ich glaube, ich habe Schmerzen, weiß es aber nicht genau... Sie wissen ja, wie Träume sind. Dann bin ich in meinem Zimmer, nur daß es nicht wirklich mein Zimmer ist. Ich habe das Gefühl, in einem anderen Raum zu sein, in einem größeren, sonnigeren. Da sind zwei große Fenster, die auf einen Garten hinausgehen. Ein Baum steht so dicht davor, daß bei einer Windbö seine Zweige am Glas entlangkratzen, was mir angst macht. Ich erinnere mich, daß ich mich zu sehr geschämt habe, um es Ihnen zu erzählen.«

»Es mir zu erzählen«, sagte Mrs. Markey mit einem dünnen Lächeln. »Wir sind jetzt also über die Andeutungen hinaus. Diese Mutter bin ich.«

»Ja.«

»Die kleine, dunkelhaarige, schöne Frau.« Sie lachte.

»Und da war noch jemand«, sagte Bern. »Noch jemand, dem von meinen Ängsten zu erzählen ich mich nicht traute. Mein Bruder.«

Jede Spur von Freundlichkeit, die das Lachen in ihrem Gesicht vielleicht noch hinterlassen hatte, verschwand augenblicklich. Mrs. Markey nahm ihre Teetasse und trank einen Schluck von der kalten Flüssigkeit. Bern wartete kurz und fuhr dann fort: »Er war die andere Person in meinen Träumen, in so gut wie allen. Manchmal hatte ich Angst vor ihm. Meistens aber... wollte ich mit ihm zusammensein. Ich wollte, daß er mich gern hat. Ich wollte genauso sein wie er. Ich weiß, Sie haben Ihren ältesten Sohn schon seit Jahren nicht mehr gesehen, Mrs. Markey, und vielleicht ist das ja eine Erinnerung, die Sie nicht wachgerufen haben möchten...«

»Wir sprechen hier von Ihren Erinnerungen, Mr. Secombe«, sagte sie scharf. »Nicht von meinen.«

»Dann haben Sie überhaupt nicht verstanden, was ich Ihnen zu sagen versuche. Nämlich daß aus irgendeinem

Grund, den ich nicht zu erklären vermag, unsere Erinnerungen an die Vergangenheit dieselben sind – und das, obwohl ich Ihnen nie begegnet bin.«

Einen Moment lang dachte er, sie werde Leon rufen und das Gespräch sei beendet. Aber dann warf sie ihm einen listigen Blick zu und setzte sich im Sessel zurecht.

»Jetzt wollen wir das Spiel mal nach meinen Regeln spielen«, sagte sie. »Ich werde Ihnen ein paar Fragen stellen, und Sie antworten. Punkte werden nicht vergeben. Fertig?«

»Ich möchte das eigentlich nicht so gern tun«, sagte Bern.

»Ich hatte für meinen kleinen Jungen einen Kosenamen, der so grauslich süß war, daß ich ihn nicht in der Öffentlichkeit zu benutzen wagte, weil ihn das wahnsinnig wütend gemacht hätte. Sie haben diesen Namen doch sicherlich in Ihren Träumen gehört.«

»Das ist keine gute Idee«, sagte Bern. »Es wird Sie nur aufregen.«

»Wie können Sie es wagen, zu bestimmen, was mich aufregen wird? Sie haben ganz offenkundig Ihre Hausaufgaben gemacht, Mr. Secombe. Sie haben ein paar Fakten, die meinen toten Sohn betreffen und leicht in Erfahrung zu bringen sind, zusammengetragen und wollen sie mir jetzt aus irgendeinem Grund als gespenstische Erinnerungen andienen. Ja, Davids Großvater hat ihn hochgehoben, damit er Billard spielen konnte. Und David ist von unserem Stallburschen die Treppe hochgetragen worden, als er vom Pferd gefallen war und sich das Bein gebrochen hatte. Wie Sie angedeutet haben, bekam er das beste Zimmer des Hauses, damit er sich erholen konnte, und es gab dort einen Baum, dessen Äste ans Fenster schlugen. Er steht noch, und ich nehme an, daß er bei heftigerem Wind auch heute noch schaurige Geräusche macht.«

»Der Kosename war Babyschuhchen.«

Das brachte sie zum Schweigen, aber nicht für lange.

»Ja, Sie haben Ihre Hausaufgaben wirklich gemacht. Jetzt sagen Sie mir bitte klipp und klar, worum es hier geht und was Sie von mir wollen.«

»Ich will gar nichts«, antwortete Bern. »Ich mußte nur einfach herkommen. Ich mußte in diesem Haus sein, mußte Sie sehen.« Er hätte fast »wiedersehen« gesagt, unterdrückte es aber. Die Anstrengung trieb ihm die Tränen in die Augen, und Mrs. Markeys Augen hinter den dicken Brillengläsern waren noch gut genug, um das zu bemerken.

Zum ersten Mal seit seiner Ankunft erschien auf ihrem Gesicht ein Ausdruck, der der Angst nahe kam.

»Ich glaube nicht, daß ich dieses Spiel im Augenblick noch länger ertragen kann«, sagte sie. »Natürlich ist mir klar, worauf Sie hinauswollen. Daß irgendwie und aus einem rätselhaften Grund, den nur Gott kennt, die Seele meines kleinen Jungen in der Stunde Ihrer Geburt in Ihren Körper übergegangen ist. Ich bin sicher, Sie wissen auch die genaue Zeit.« Bern antwortete nicht. »Ach, nun machen Sie schon«, rief sie, »spielen Sie alle Ihre Karten aus, Mr. Secombe, nur keine Schüchternheit!«

»Ich weiß die genaue Zeit nicht. Ich weiß nur, daß es morgens war. Gegen sieben oder acht.«

»Natürlich. Am 28. Januar 1961. Sieben Uhr dreißig. Genau die Zeit, zu der mein David durch das Eis des Pontoon Lake brach und ertrank. Und sein Bruder stand dabei und sah zu. Der große Bruder, den er so sehr verehrte.«

»Ich fürchte, das kam auch in meinen Träumen vor. Ich wollte es nur nicht zur Sprache bringen, nicht heute.«

»Sie werden überhaupt nichts mehr zur Sprache bringen«, sagte Mrs. Markey. »Sie betreten dieses Haus nie wieder, Mr. Secombe. Träumen Sie Ihre Träume woanders und bleiben Sie mir bitte vom Leib.«

Sie hatte mit erhobener Stimme gesprochen, um Leon ihre Wünsche zu signalisieren, der jetzt die Flügeltür öffnete und Bern finster anblickte.

Bern nickte beiden traurig zu und ging zur Tür. Bevor er das Zimmer verließ, drehte er sich noch einmal um und sagte: »Ich wohne im Rutherford Inn. Ich bin noch zwei Tage dort anzutreffen, nur, falls Sie sich mit mir in Verbindung setzen möchten. Ich nehme es zwar nicht an, aber ich denke, Sie sollten es wenigstens wissen.«

Leon brachte ihn zum Auto. Bern warf einen letzten Blick auf das Haus und stieg ein. Leon war so höflich, hinter ihm die Tür zu schließen, dies allerdings mit Nachdruck. »Wie kommt es eigentlich, daß da acht Säulen sind?« fragte ihn Bern.

»Das Dach fing an sich zu senken«, gab Leon widerwillig Auskunft. »Wieso? Sind Sie im Baugewerbe tätig?«

»Mich interessiert eher die Landschaftsgärtnerei. Zum Beispiel so etwas wie Buchsbaumhecken.«

»Die haben wir rausgenommen«, sagte Leon. »Das Zurückschneiden machte zuviel Arbeit. Ich muß jetzt wieder rein.«

Er wartete aber, bis Bern losgefahren war. Dann kehrte er wieder ins Wohnzimmer zurück und fand die alte Dame, so wie er sie verlassen hatte. Ihr Aussehen gefiel ihm gar nicht.

Es war zu sehr wie früher, wenn sie manchmal wochenlang kein Wort gesprochen hatte. Aber dann sah sie auf und sagte: »Holen Sie mir Greenfingers an den Apparat.«

Den Gasthof mit Namen Rutherford Inn prägte außen zwar noch klassischer Kolonialstil, aber irgend jemand hatte beschlossen, die Bar innen mit Hilfe von Rosenholz und Chrom zu modernisieren. Als Bern eintrat, saßen nur vier Leute da, wenn man den Barmann, einen ausgemergelten, skelettartigen Menschen mit eingesunkenen Wangen und einem starren, unnatürlich wirkenden Lächeln, mitzählte. Bern bekam seinen bestellten Scotch mit Eis und trug ihn zu einer mit Lederimitat bezogenen Sitzbank, auf der er sich niederließ. Er hatte das Glas schon halb geleert, als er bemerkte, daß der Mann am Ende der Theke, ein Endfünfziger, zu ihm rübersah. Er war ein dicker Mann, fast breit genug für zwei Barhocker. Sein Blick zeigte freundliche Neugier, und Bern wußte, daß er schon bald Gesellschaft bekommen würde.

»Buster Driscoll«, sagte der dicke Mann und entblößte lächelnd seine weit auseinanderstehenden Zähne. »Grad angekommen?«

»Heute vormittag.«

»Ich weiß, daß Sie nicht von dieser Katalogfirma sind«, sagte Driscoll. »Ich habe mich schon erkundigt. Ich warte schon seit vergangener Woche auf diesen Scherzkeks, aber er ist immer noch nicht aufgetaucht.« Er kicherte, als er Berns verständnislosen Blick sah. »Ich betreibe eine Baumschule… habe eine große Weihnachtsbaumplantage, die größte in diesem Bundesstaat. Dieser Katalogtyp hatte die verrückte Idee, die Bäume über den Versandhandel zu vertreiben, und wollte mal herkommen, um die Sache zu besprechen.«

Driscoll schwieg, bis sich Bern gezwungen sah, ihm seinen Namen zu nennen. Daraufhin setzte sich der dicke Mann und wickelte seine riesige Hand um ein Bierglas. Seine Fingernägel waren schmutzig. »Lassen Sie mich raten«, sagte er. »Sie sind Gutachter einer Versicherung.«

»Wie kommen Sie darauf?«

»So wie ich auch erfahren habe, daß Sie nicht der Katalogmann sind. Pete Humboldt, Mrs. Markeys Gärtner, hat mir erzählt, daß Sie draußen waren, um Mrs. Markey zu besuchen. In der vorigen Woche sind ihre alten Stallgebäude abgebrannt, und da dachte ich mir, Sie seien vielleicht gekommen, um den Schaden zu taxieren. Falsch geraten, wie?«

»Ja, ich war wegen etwas anderem bei Mrs. Markey.«

»Das ist interessant. Ich dachte immer, ich wäre hier in der Stadt so ungefähr der einzige Mensch, den die alte Dame zu sich läßt. Sie ist nämlich eine richtige Einsiedlerin, wissen Sie.«

»Das habe ich gehört.« Bern sah dem Mann in sein breites, offenes Gesicht. »Man sagte mir, das habe etwas mit dem Tod ihres Sohnes zu tun, der schon viele Jahre zurückliegt.«

»Dreißig Jahre«, sagte Driscoll prompt. »Ich war dabei, ob Sie's glauben oder nicht. Ich war damals noch ein Anfänger bei der Polizei. Es war die erste Leiche, die ich zu Gesicht bekam. Dachte damals, ich hätte vielleicht den falschen Beruf ergriffen.«

»Sind Sie aus dem Dienst ausgeschieden?«

»O nein, ich hab's durchgestanden«, sagte Driscoll mit einem Lächeln. »Bin nach zwanzig Jahren mit ner Pension in den Ruhestand gegangen. Hab noch eine Menge Leichen zu sehen gekriegt, trotzdem konnte ich den Anblick dieses armen kleinen Jungen, wie der da pitschnaß tot im Gras lag, nie vergessen. Auch nicht das Theater, das seine Mutter machte, als man ihr sagte, daß ihr Junge nicht mehr lebt. Sie wollte es einfach nicht glauben. Schrie dauernd alle an, sie sollten mit den Wiederbelebungsversuchen weitermachen. Das war natürlich zwecklos. Er hatte gut dreißig Minuten in dem eiskalten Seewasser gelegen.«

»Eine schreckliche Tragödie«, sagte Bern ohne jede Emotion.

»Der Kleine war Mrs. Markeys ein und alles. Sie war, na, was... so dreiunddreißig oder vierunddreißig gewesen, als sie ihn bekam? Diese späten Mütter, das sind die schlimmsten.«

»Aber es gab doch noch einen anderen Sohn.«

»Und auch einen anderen Mann. So einen Nichtsnutz, einen von diesen Mitgiftjägertypen. Er nahm einen Teil ihres Geldes, sie behielt den Sohn. Der hieß Roman. Er war schon zehn Jahre alt, als David zur Welt kam, und irgendwie dran gewöhnt, der große Star der Familie zu sein, der kleine Prinz, verstehen Sie? Sie können sich denken, was los war, als die Mama mit dem kleinen Bündel aus dem Krankenhaus heimkam.«

»Man nennt das Geschwisterrivalität.«

»Sie können das von mir aus nennen, wie Sie wollen«, sagte der dicke Mann. »Ich nenne das schlicht und einfach

Haß, was Roman für seinen kleinen Bruder empfand. Das konnten alle in der Stadt sehen. Außer dem kleinen David Paul natürlich. Der wuchs in dem Glauben auf, Roman Markey sei der liebe Gott auf Erden, und folgte ihm überallhin wie so'n kleiner Minischatten. Mr. Markey hatte das Zeitliche gesegnet, als David noch ein Baby gewesen war, und deshalb war Roman mehr für ihn als nur der große Bruder. Die Ärzte hatten damals noch versucht, dem Vater die schlimme Lunge rauszuschneiden, aber er starb auf dem Operationstisch. Roman wurde also für David Daddy und großer Bruder in einem, und der mochte das nicht sehr. Darf ich Sie zu was einladen?«

»Das wollte ich gerade Sie fragen.«

Driscoll grinste. »Zu einem Freibier sage ich nie nein.«

Als seine Hände dann das zweite Glas Bier umschlungen hielten, meinte er: »Ich will Ihnen mal was sagen. Ich habe die Geschichte, die danach umlief, nie geglaubt, also das, was sich die Leute darüber erzählten, wie der Junge ertrunken war. Mrs. Markey habe ich das allerdings nie gesagt. Sie hatte sich ihre Meinung gebildet, und niemand konnte sie davon abbringen. Sie ist fest davon überzeugt, daß Roman seinen kleinen Bruder auf das dünne Eis des Sees gestoßen hat... daß Roman dabeigestanden und zugesehen hat, wie David einbrach und versank, ohne einen Finger zu krümmen.«

»Mein Gott«, sagte Bern.

»Es gab keine Zeugen, zumindest war niemand nah genug dran, um genau sehen zu können, was da passierte. Aber die alte Dame – damals war sie natürlich noch nicht alt – hatte zufällig aus dem Fenster im oberen Stockwerk hinausgeschaut und die beiden gesehen. Die Entfernung war zwar groß, und Mrs. Markey trug damals schon eine Brille, aber nachdem David ertrunken war, schwor sie, gesehen zu haben, wie Roman ihn gestoßen habe. Ich meine, nicht vor Gericht, unter Eid oder so was, da hat sie kein Wort von sich gegeben. Aber sie muß es irgend jemandem erzählt haben, denn bald raunte die ganze Stadt davon, und dann schickte sie Roman fort auf irgendein Internat. Er ist nie zurückgekommen, nicht ein einziges Mal. Sie hat ihn vollständig aus ihrem Leben gestrichen, so daß er genauso tot für sie ist wie der kleine Junge. Und jeder weiß, daß er nicht einen Cent von ihrem Geld kriegt, wenn die alte Dame mal stirbt.«

»Das ist eine traurige Geschichte«, sagte Bern. »Aber danke, daß Sie sie mir erzählt haben.«

»Vielleicht haben Sie ja eine erfreulichere Geschichte zu erzählen«, sagte Driscoll und ließ erneut seine weit auseinander stehenden Zähne sehen. »Die Angelegenheit, die Sie mit Mrs. Markey zu besprechen hatten... ist das was Vertrauliches? Ich möchte nicht neugierig erscheinen, obwohl das wahrscheinlich der Fall ist.«

»Es war etwas Persönliches«, sagte Bern.

»Na ja, nur für den Fall, daß es was mit Landschaftsgärtnerei zu tun hat...« Driscoll lächelte und überreichte ihm seine Geschäftskarte. Seine Baumschule trug den Namen »Greenfingers«.

Als ihn die Einladung in Form einer kurz gehaltenen, an der Rezeption hinterlassenen Nachricht erreicht hatte, rasierte sich Bern und duschte, beeilte sich dabei aber so sehr, daß er sich noch ganz feucht fühlte, als er an der Tür des Markeyschen Hauses klingelte.

Diesmal trug Leon eine dunkle Jacke und einen schlecht gebundenen Schlips, aber als er Bern ins Wohnzimmer führte, war er nicht weniger unwirsch als beim ersten Mal. Alles sah noch genauso aus wie am Vortag – bis hin zu der Tasse mit kaltem Tee und den verblühenden Rosen. Allerdings war das Kleid, das Mrs. Markey trug, diesmal blaßgrün. Und der zweite Unterschied bestand darin, daß sie Bern zum Sitzen aufforderte.

»Sie heißen anscheinend wirklich Bernard Secombe«, bemerkte sie trocken. »So, wie Sie gesagt haben. Und Sie arbeiten tatsächlich für Rescor Resorts in Boston. Sie sind unverheiratet, waren an dem Tag, den Sie mir genannt haben, dreißig Jahre alt und haben keine unmittelbaren Verwandten mehr. Sie sind auch nicht vorbestraft.«

Bern lächelte. »Mr. Driscoll?«

»Er ist ein Freund der Familie. Natürlich sind die Fakten, die er geliefert hat, noch keine Garantie dafür, daß Sie kein Schlawiner sind.«

»So haben Sie mich auch genannt.«

»Wie?«

»In meinen Träumen. Sie nannten mich ›Kleiner Schlawiner‹.«

Einen Augenblick dachte er, der alten Dame würde übel. Sie hob die Hand vor den Mund und gab einen unterdrückten Laut von sich.

»Es tut mir leid«, sagte Bern. »Ich kann es anscheinend nicht lassen. Irgend etwas in mir möchte Sie davon überzeugen, daß ich nicht lüge.«

»Dann überzeugen Sie mich!« sagte sie mit zitternder, zwischen Zorn und Bitterkeit schwankender Stimme. »Erzählen Sie mir, wie Sie erfahren haben, daß ich Ihre Traummutter bin! Wir sind ziemlich weit weg von Providence auf Rhode Island. Erklären Sie mir, wie diese wunderbare spirituelle Transformation stattgefunden hat, woher Sie plötzlich gewußt haben, wo Ihr Elternhaus steht.«

»Ich habe es nicht gewußt. Noch bis vor wenigen Wochen hatte ich keine Ahnung. Aber dann erschien in *Newsweek* ein Artikel über Frauen in der Politik. Sie brachten auch ein Foto von Ihnen, das ungefähr 1952 aufgenommen worden war, als Sie Ihre Kandidatur für den Kongreß ankündigten. Sie erinnern sich sicher.«

»Ich erinnere mich daran, wie froh mein Vater war, als ich bei den Vorwahlen durchfiel«, erwiderte sie trocken.

»Das Bild traf mich wie ein Schlag in die Magengrube«, fuhr Bern fort. »Es war das Gesicht, das ich mein ganzes Leben lang vor Augen gehabt hatte. Ich wußte, daß nur Sie es sein konnten, von der ich immer geträumt hatte, vor allem auch, als ich dann in dem Artikel den kurzen biographischen Abriß las, in dem unter anderem stand, daß Sie einen Ihrer beiden Söhne verloren hatten.«

»Ich habe meine beiden Söhne verloren«, sagte Mrs. Markey.

»Der Gedanke kam mir in dem Augenblick nicht. Ich muß das sagen, Mrs. Markey. Der Gedanke, der mir kam, war, daß Ihre beiden Söhne noch am Leben sind.«

Er wollte nicht sehen, wie sie darauf reagierte, deshalb stand er auf und ging zum Kamin. »Danach war es nicht mehr schwer, Sie ausfindig zu machen. Ich bekam heraus, wo sich dieses Haus hier befindet und daß Sie noch darin wohnen. Ich brauchte allerdings fast einen Monat, bis ich es fertigbrachte, Ihnen den Brief zu schreiben.«

Auf dem Kaminsims standen zwei Fotografien in Silberrahmen – beide von einem blonden Jungen, einmal im Alter von vier, einmal im Alter von sieben Jahren. Er starrte darauf und sagte: »Ich sehe ganz und gar nicht wie David aus, das weiß ich. Ich sehe niemandem in Ihrer Familie ähnlich. Alle Beziehungen sind nur in meinem Inneren vorhanden, in meinem Kopf. Ich träumte... erinnerte... was immer Sie wollen, dieselbe Kindheit. Alle Krankheiten, alles Glück und alle Traurigkeit. Als ich vier war, bekam ich wie viele andere Kinder auch Keuchhusten. Sie bewirkten, daß ich darüber lachen konnte. Sie erzählten mir, die Kraniche schrien so gräßlich, weil sie ihn immer kriegten, woraufhin ich auf einem Bein durchs Haus hüpfte und lachte. Ich erinnere mich auch an Weihnachtsfeste. An einen Spielzeuglaster, der gegen die Fußleisten raste, umkippte und von selber wieder auf die Räder kam. Aus irgendeinem Grund machte mir dieser Lastwagen angst. Er beunruhigte mich so sehr, daß Sie ihn wieder verschwinden ließen. *Er* fand ihn jedoch, mein großer Bruder, und machte dann oft mitten in der Nacht die Tür zu meinem Zimmer auf und ließ den Lastwagen zu mir hineinfahren.«

»Hat Roman das wirklich getan?« fragte sie bestürzt.

»Ich habe Ihnen das nie erzählt. Ich wollte mich nie über ihn beschweren. Ich wollte immer, daß er mich mochte... mich liebte.«

»Grundgütiger Gott!« sagte Mrs. Markey und sah aus, als ob sie friere und um Jahre gealtert sei.

»Sie trugen mich zuviel herum, verhätschelten mich. Großvater sagte, Sie würden noch ein Mädchen aus mir machen. Als ich ihn das sagen hörte, war ich entsetzt. Ich weinte stundenlang... ich wollte kein Mädchen sein! Ich schlug nach Ihnen...«

»Ja«, rief die Frau aus, und Tränen quollen unter ihren dicken Brillengläsern hervor. »Von da an durfte ich Sie nicht mehr auf den Arm nehmen!«

»Und das vermißte ich, vermißte ich so sehr! Aber ich mußte ja ein Mann sein wie mein Bruder, damit ich sein Freund werden konnte und er mich dorthin mitnahm, wohin er ging.«

»Und einmal hat er das auch getan. Erzählen Sie mir von dem einen Mal, wo ich euch beide euch selbst überlassen habe. Verdammt noch mal, erzählen Sie mir schon, was passiert ist, als er Sie heimlich aus dem Haus lotste, vielleicht bin ich dann so weit, daß ich an Wunder glaube...«

»Er nahm mich zum Bahnhof mit«, sagte Bern. »In einen Raum oben über der Schalterhalle der verlassenen Station. Dort waren zwei Mädchen. Sie tranken. Rochen süß und sauer zugleich. Später kamen noch zwei andere Jungen dazu. Die Mädchen machten einen großen Wirbel wegen mir, streichelten und küßten mich. Ich fing an, zu schreien und nach ihnen zu treten. Schließlich brachte er mich wieder nach Hause.«

»Das hat er mir nie erzählt«, sagte Mrs. Markey. »Roman verriet nie, wo er gewesen war. Aber ich erinnere mich daran, wie Davids Sachen rochen! Nach Bier... und Zigaretten... und billigem Parfüm!«

»Ich wußte, daß Sie mit ihm schimpfen würden, wenn ich

es erzählte, deshalb durfte ich nicht die Wahrheit sagen. Wäre er bestraft worden, hätte er mir die Schuld dafür gegeben, und das ging nicht. Können Sie das verstehen? Ich weiß, das alles ist schon sehr lange her, aber können Sie es verstehen?«

»Ja... natürlich kann ich das!« Dann hielt sie den Atem an, denn ihr wurde klar, daß sie einem Mann vergab, der noch gar nicht auf der Welt gewesen war, als ihr Sohn starb.

Er hatte einige Schwierigkeiten, in den verwahrlosten Straßen der Innenstadt von Detroit das Lokal zu finden. Es hieß Moniker's, aber das Schild über der Tür war, als er es schließlich entdeckte, von Alter und Schmutz derart angegraut, daß man es kaum noch lesen konnte. Der lange, enge Raum war dunkel, eine Taktik, die darauf abzielte, den Dreck darin zu verbergen. Aber erstaunlicherweise – es war schließlich erst vier Uhr nachmittags – waren alle Barhocker und drei der fünf Nischen besetzt.

Der Mann, mit dem er verabredet war, winkte ihm aus der hintersten Nische zu. Es amüsierte Bern, daß der andere trotz der Dunkelheit im Raum eine Sonnenbrille aufhatte. Das verlieh ihm ein bedrohliches Aussehen – er wirkte wie ein kleiner Ganove in einem Gangsterfilm. Er schien diese Rolle jedoch gern zu spielen, obwohl er im wirklichen Leben einen ordentlichen Beruf hatte, das heißt, ein kleinerer Angestellter eines großen Konzerns war.

»Und?« fragte der Mann. Weder begrüßte er Bern, noch bestellte er ihm, als Bern sich gesetzt hatte, etwas zu trinken. Er spähte lediglich über den Rand seiner Sonnenbrille. Natürlich war er, wie Bern nicht anders erwartet hatte, nervös. Bern selber war ganz ruhig.

»Es ist alles in Ordnung«, sagte Bern und war von seiner Untertreibung angetan.

»In Ordnung«, wiederholte der Mann und knirschte mit den Zähnen. »Und was soll dieses ›in Ordnung‹ bedeuten?«

»Sie glaubt mir. Sie glaubt an mich.« Bern winkte dem Kellner und bestellte einen Scotch. Als der Kellner wieder gegangen war, fuhr er fort: »Sie hat in meinen Armen geweint, und da hab ich auch heulen müssen. Ich hätte das alles fast selber geglaubt, jedes Wort, was ich ja auch, wie du gesagt hast, tun sollte. Du hattes recht, vollkommen recht.«

»Ja«, sagte der Mann und atmete langsam aus. »Ja.«

»Wir haben dann über eine Stunde lang geredet. Ich habe keinen Trick ausgelassen. Ich hab ihr noch all die anderen Sachen erzählt, an die ich mich aus meinen Träumen erinnerte, alles, was du mir über David Pauls Jugend erzählt hast. Alle Kosenamen, alle Kinderkrankheiten, von eurer Rivalität. Die Geschichte mit dem Hund kam echt gut bei ihr an. Nur hast du dich im Namen geirrt. Er hieß nicht Tiger, sondern Tigger... irgendwas aus *Pu der Bär*. Das machte jedoch nichts. Inzwischen war sie schon so entschlossen, alles zu glauben, daß nichts mehr etwas ausmachte.«

»Und was jetzt?« fragte der Mann. »Hast du ihr gesagt, was du von ihr willst?«

»Ich habe gesagt, ich wolle gar nichts, ich sei nur glücklich darüber, daß ich die Wahrheit kennen würde – und daß sie sie jetzt auch erfahren habe. Ich habe gesagt, ich fühlte mich zum ersten Mal in meinem Leben in Einklang mit mir selbst.« Er verzog reumütig den Mund. »Und weißt du, was? Das stimmte fast!«

Der Kellner brachte ihm seinen Scotch. Plötzlich war

Bern klar, daß er ihn gar nicht haben wollte. Er schob das Glas auf der nassen Kunststoffplatte des Tisches hin und her und fuhr fort: »Ich sagte ihr, ich müsse am nächsten Morgen wieder abreisen, müsse zu meinem Job in Boston zurück. Ich schlug vor, daß wir in Verbindung bleiben könnten… hin und wieder eine Postkarte.«

»Abreisen? In Verbindung bleiben? Du verdammter Schwachkopf! Was soll das denn?«

»Psychologie«, antwortete Bern mit einem bitteren Lächeln. »Das Unterbewußtsein.«

»Was?«

»Nicht, nichts. Ich wußte, daß ihr das nicht ausreichen würde. Sie weinte in einem fort und sagte, ich dürfe sie nicht verlassen. Sie sagte, sie würde es nicht überleben, wenn sie ihren David Paul ein zweites Mal verlieren müsse.«

»Und dann?«

»Ich sagte ihr, ich würde wiederkommen, wolle sie gelegentlich besuchen, müsse aber auch vernünftig sein. Ich hätte schließlich einen Job und müßte mir meinen Lebensunterhalt verdienen. Sie meinte daraufhin, das sei doch lächerlich und unnötig, daß Gott unsere erneute Trennung nicht wolle, daß es Gottes Wille gewesen sein müsse, uns wieder vereint, uns wieder zusammen zu sehen. Deshalb habe er mir Davids Seele geschickt und diese Träume. Sie brachte den lieben Gott ziemlich oft ins Spiel. Du hast mir verschwiegen, daß deine Mutter so fromm ist.«

»Sie hat mystische Neigungen«, sagte Roman Markey. »So habe ich sie jedenfalls in Erinnerung. Deshalb dachte ich ja auch, es könnte funktionieren.«

Sie unterhielten sich noch eine ganze Stunde miteinander,

nur daß jetzt meistens Roman redete. Er fing wieder an, Erinnerungen auszugraben, wie er das schon vor drei Monaten mit so viel Geschick getan hatte, nachdem ihm die Idee beim Anblick dieser über den Bildschirm seines Computers laufenden Namen gekommen war – es handelte sich um die lange Liste der Rescor-Angestellten, für deren Sozialleistungen er als Sachbearbeiter der Personalabteilung seiner Firma zuständig war. Es gab da ein halbes Dutzend Leute, die am 28. Januar 1961 geboren worden waren, aber nur ein Mann hatte sich in etwa für das geeignet, was ihm vorschwebte – für diese Idee, die ihm manchmal brillant und manchmal verrückt erschien. Als er es dann jedoch geschafft hatte, sich mit Bern Secombe anzufreunden und in ihm einen Mann mit enttäuschten Hoffnungen und einem belastbaren Gewissen kennenlernte, wählte er ein anderes Wort: machbar. Ja, es war machbar.

Er hatte Bern ganz langsam für sich gewonnen. Sie hatten sich zusammen betrunken – nur daß Romans Trinkerei sorgfältig berechnet gewesen war. Er hatte Bern die traurige Geschichte von seiner Vergangenheit, von seiner Enterbung erzählt und unter Tränen seine Unschuld beteuert, hatte geschworen, daß der Tod seines Halbbruders ein Unfall gewesen war, schließlich aber auch eine Unterlassung eingestanden. Er habe, hatte er gebeichtet, nichts unternommen, als das Eis unter ihren Füßen bedrohlich zu knacken angefangen und David Paul dann im eiskalten Wasser des Pontoon Lake rumgestrampelt habe. Er habe jedoch den Zorn nicht verdient, der ihn getroffen hatte, nicht die Verbannung in eine ferngelegene Schule, nicht die kärglichen Überweisungen, die er bis zum Abschluß seiner Ausbildung erhalten hatte und die dann schlagartig eingestellt worden waren. Er sei ein entthronter Prinz und werde nie über sein Königreich herrschen dürfen. Es sei denn…

»Es sei denn?« hatte Bern schließlich gefragt.

»Es sei denn, mir würde verziehen«, hatte Roman geantwortet. »Es sei denn, die Königin würde ihre Meinung ändern und den Prinzen nach Hause zurückrufen.«

Inzwischen war es halb sieben geworden. Die Bar war noch genauso voll wie vorher, aber die Kundschaft war jetzt eine andere. Die neue Schicht war lauter, diskussionsfreudiger. Eine Musikbox spielte. Roman Markey war jetzt betrunken – diesmal hatte Bern Secombe das Ausmaß des eigenen Rausches genau kalkuliert. Seine Stimme war klar und fest, als er seinem Komplizen die beste Neuigkeit von allen eröffnete.

»Ich ziehe in das Haus ein«, sagte er. »Sie hat mich gebeten, zu ihr zu ziehen, und ich habe zugesagt.«

»Mein Gott«, rief Roman, »das ist ja phantastisch! Warum hast du mir das nicht gleich gesagt?« Ein düsterer Gedanke ging ihm durch den Kopf. »Denk bloß nicht, du kannst mich austricksen, Bern, mich bescheißen! Versuch bloß nicht, die Lage auszunutzen! Ich könnte dich in Null Komma nichts als Betrüger entlarven!«

»Das weiß ich doch. So etwas würde ich nie tun. Es gibt nur eine Methode, die Sache zu deichseln, und das ist deine. Ich ziehe in das Haus ein, und dann werden sich viele Gelegenheiten ergeben, deine Sache zu vertreten, ihr zu sagen, daß sie sich, was die Ereignisse jenes Tages anbetrifft, irrt, daß du alles getan hast, was in deiner Macht stand, um mein Leben zu retten, daß mir so viel daran liegt, daß mein großer

Bruder wieder nach Hause kommt. Sie wird mir keinen Wunsch abschlagen, da bin ich mir ganz sicher.«

»Nein«, sagte Roman frohlockend, »das wird sie nicht! Ich weiß es! Es gibt nichts, was sie nicht tun würde, wenn ihr David sie darum bittet!« Er ergriff Berns Arm, wobei er ihm in seiner Erregung weh tat. »Es kann jederzeit losgehen, Bern, jederzeit. Mich hält hier nichts. Keine Familie, keine Frau, nicht einmal Freunde. Sobald du mir Bescheid gibst, kann ich innerhalb einer Stunde gepackt haben und abreisen.«

»Ich werde mein Bestes tun«, sagte Bern.

»Du sollst es nicht bereuen, ich schwör's dir. Wenn ich reich bin, wirst du es auch sein. Sorge nur dafür, daß ich wieder nach Hause komme, das ist alles, worum ich bitte! Laß mich nach Hause kommen!«

Lily und Millie, die Dienstmädchen-Zwillinge, waren nicht überrascht, als ihnen Mrs. Markey das Wochenende freigab. Kalender waren ihnen so gleichgültig wie Uhren, und sie dachten einfach, daß irgendein öffentlicher Feiertag anstünde. Ihre Mutter wohnte in Lansing, und sie konnten es gar nicht abwarten, hinzukommen und auch ihr Haus zu putzen.

Leon war eher ein Problem. Er betrachtete schon von Natur aus jede Abweichung vom gewohnten Gang der Dinge mit Argwohn. Als der Fremde im vergangenen Monat ins Haus gezogen war, hatte er pausenlos gemurrt, dann aber bald erkannt, daß Mrs. Markey für diesen Mann eine Zuneigung empfand, die möglicherweise stärker war als ihre Treue ihm gegenüber. Leon war alles andere als unvernünftig, und der Gedanke, in seinem Alter aus dem Dienst entlassen zu werden, war erschreckend. Deshalb milderte er sein Murren zu einem leisen Knurren ab, und als Mrs. Markey ihm sagte, er solle mal ein paar Tage Urlaub machen, erhob er keine Einwände. Er hatte eine Nichte, die in Flint eine Pension betrieb, und er spielte gern mit ihren Gästen Karten.

Sie würden unter sich sein, wenn Roman heimkam...

An jenem Morgen war das Haus so still, daß Bern plötzlich Uhren hörte, deren Vorhandensein ihm bisher ganz entgangen war. Sie nahmen draußen auf der Terrasse ein kleines Mittagessen zu sich, das Mrs. Markey selbst zubereitet hatte. Sie trug ein bodenlanges golddurchwirktes Kleid und schien über die Fliesen dahinzugleiten. Bern hatte einen blauen Kaschmirpullover an, den sie ihm in der vergangenen Woche gekauft hatte. Sie hatte ihm sogar drei Pullover gekauft, und er hatte sie der Verschwendung bezichtigt. Sie selbst hatte über ihre Großzügigkeit gelächelt – das Geldausgeben hatte ihr schon lange nicht mehr so viel Freude gemacht.

Bern war überrascht, daß sie keinerlei Nervosität zeigte, und sprach sie darauf an.

»Nein«, sagte Mrs. Markey, »ich fühle mich der Lage absolut gewachsen, David. Ich bin sicher, daß wir das Richtige tun. Es hätte schon längst getan werden sollen.«

»Aber wenn du deine Meinung ändern solltest...« Er sprach den Satz nicht zu Ende.

»Das werde ich nicht«, versicherte sie ihm.

Sie hörten das Auto erst, als die Sonne schon fast hinter dem Horizont versunken war. Es war ein kleiner Wagen, und der Kofferraum hatte offensichtlich nicht ausgereicht, um das ganze Gepäck zu verstauen, denn auch auf dem Rücksitz lagen Koffer gestapelt. Nachdem Roman auf der Zufahrt angehalten hatte, blieb er noch eine ganze Minute im Auto sitzen. Wahrscheinlich betrachtete er das Haus und nahm das Wunder des Augenblicks, das Wunder seiner Heimkehr in sich auf. Als er schließlich ausstieg, warf er in der sinkenden Sonne einen langen Schatten über den Rasen.

»Ich gehe jetzt«, sagte Bern.

Mrs. Markey stieg langsam die Treppe in den ersten Stock hinauf und hob beim Gehen den Saum ihres golddurchwirkten Kleides. Bern ging derweil durch die Diele und zog an der Haustür den Spazierstock mit dem silbernen Knauf aus dem ledernen Ständer. Dann trat er hinaus, und ohne Roman anzusehen, wußte er, daß dieser ihn anlächelte.

Er beschleunigte seinen Schritt, um den Schwung zu erhöhen, als er den Stock hob und den schweren Knauf auf Romans linke Schläfe niedersausen ließ. Er hatte befürchtet, es könnten zwei Schläge erforderlich werden, aber dieser eine reichte schon aus – Romans Beine knickten unter ihm ein, und dann lag er auf der Zufahrt, noch lebend, aber bewegungslos.

Glücklicherweise fiel der billardgrüne Rasen ziemlich steil zum Wasser hin ab, so daß es weniger Mühe machte, den Körper dorthin zu schleifen, als Bern erwartet hatte. Es war weitaus schwieriger, ihn in das Ruderboot hineinzubekommen, aber auch das gelang ihm schließlich.

Als er die Mitte des Sees erreicht hatte, blickte er zu dem erleuchteten Fenster im Obergeschoß des Hauses hinüber, und erst als er dort die kleine, dunkle Silhouette Mrs. Markeys – seiner Mutter – sah, ließ er David Pauls unbestraften Mörder in die dunklen und schweigenden Tiefen hinabgleiten.

Die Diagnose

»Ich tue das gar nicht gern«, sagte der Psychiater zu dem Mann, der auf der anderen Seite seines Schreibtisches saß, aber es lag nichts Klagendes in seiner Stimme. Mr. White war bei der Begleichung des Honorars nicht nur großzügig, sondern auch pünktlich gewesen. Dr. Lansing fühlte sich einfach verpflichtet, etwas Moralisches von sich zu geben. Schließlich, so redete er sich vor sich selbst heraus, hatte ihm White den Patienten geschickt.

»Im Normalfall«, sagte er deshalb, »würde ich bei einem Fall wie dem vorliegenden einer zeitlichen Begrenzung nicht zustimmen. Zum Beispiel läßt sich eine derartige Behandlung nicht auf so und so viele Tage oder Wochen festlegen, und wenn ...«

»Entschuldigen Sie«, unterbrach ihn White, ein energischer Mann mit einer tiefen, befehlenden Stimme, deren Wirkung selbst Dr. Lansing spürte, »aber ich bin nicht an einer Behandlung interessiert. Nur an der Diagnose. Ich möchte lediglich wissen, ob der Eindruck, den ich von Kenny habe, zutrifft.«

Lansing zögerte und beschloß dann, kurz und bündig zu antworten. »Das tut er, fürchte ich. Das Syndrom Ihres Freundes... also, damit meine ich die Ansammlung von Symptomen... zeigt ganz eindeutig ein klassisches Muster.

Er begeht die Verbrechen nicht, weil er die gestohlenen Waren haben möchte, sondern aus einem psychopathischen Verlangen nach Bestrafung heraus. Das ist ein Phänomen, das wir schon bei vielen straffällig gewordenen Menschen und auch bei potentiellen Straftätern beobachtet haben. Das Verbrechen ist hier nur Mittel zu einem Zweck, von dem die Betroffenen selber aber nichts wissen.

Natürlich konnte ich in den beiden kurzen Sitzungen mit Kenny nur die an der Oberfläche liegenden Fakten zusammentragen, aber diese Tatsachen sind doch klar genug, um ein Urteil zuzulassen. Als Kenny noch ein Kind war, stritten seine Eltern sehr häufig miteinander. Wie so oft, erfuhr auch Kenny von der Mutter mehr Liebe und Zuneigung, weshalb er für sie und gegen den Vater Partei ergriff. Eines Tages, kurz nach einer heftigen Auseinandersetzung der Eltern, bei der Kenny seinen eigenen Worten zufolge ›dem Alten die Meinung gegeigt hatte‹, kam der Vater bei einem Autounfall ums Leben. Kennys Schuldgefühl war extrem groß. Er glaubte, er habe den Tod des ›Alten‹ herbeigewünscht, und das habe irgendein Dämon mitgekriegt und ihm den Wunsch erfüllt.

Dann machten natürlich ein paar praktische Probleme alles noch schlimmer. Nach dem Tod des Vaters brannte die Mutter mit einem anderen Mann durch und ließ Kenny im Stich. Auch da hatte er das Gefühl, an der Fahnenflucht der Mutter schuld zu sein. Das führte zu seinem ersten Vergehen, jenem leichten Diebstahl, der ihm auch seine erste Gefängnisstrafe eintrug. Es besteht nicht der geringste Zweifel, daß Kenny ins Gefängnis kommen wollte. Es ging ihm einzig und allein um die Festnahme.

Was folgte, geschah mit ziemlicher Zwangsläufigkeit, zumal niemand den Versuch unternahm, den weiteren Entwicklungsprozeß durch eine psychiatrische Behandlung zu stoppen. Als Kenny aus dem Gefängnis entlassen wurde, beteiligte er sich an ehrgeizigeren kriminellen Unternehmungen – die unweigerlich zu seiner Festnahme führten. Nach außen hin mochte sich Kenny noch so sehr bemühen, nicht erwischt zu werden, aber Tatsache ist, daß er eigentlich gar nicht entkommen wollte. Nach dem letzten Raubüberfall, an dem er beteiligt war und der ihm eine dreijährige Gefängnisstrafe einbrachte, lag ihm überhaupt nicht viel an dem Anteil des Geldes, der ihm zustand. Beachten Sie nur, wie verschwenderisch, um nicht zu sagen töricht er es sofort wieder ausgegeben hat. Es war ja dann auch die Art und Weise, wie er mit dem Geld um sich warf, die schließlich zu seiner Festnahme führte.«

Dr. Lansing schwieg eine Weile, dann sagte er: »Nein, Mr. White, Kenny mag ja wie viele andere Leute auch glauben, er sei ein hartgesottener Berufsverbrecher, aber für mich ist klar, daß er unter der Oberfläche noch immer ein verängstigter kleiner Junge ist, der für seine Missetaten den Hintern versohlt bekommen möchte. Ihn treibt nur ein Wunsch zum Verbrechen: der Wunsch, gefaßt zu werden.«

White stand auf und streckte eine feste Hand aus. Sie hätte aus Mahagoni geschnitzt sein können. Dr. Lansing schüttelte sie und geleitete seinen Besucher zur Tür.

White fuhr auf direktem Weg zu dem Hotel in der LaSalle Street. Als er die Suite betrat, spielten Chick und die beiden Jungs aus dem Ort Poker. Er fragte: »Wo ist Kenny?«

»Da drin«, antwortete Chick. »Schläft.«

White ging ins Schlafzimmer und rüttelte Kenny an der Schulter, bis der Jüngere aufwachte.

»Pack deine Sachen zusammen«, sagte White. »Du bist raus.«

»Was? Wie?« fragte Kenny heiser. »Wieso denn? Hab ich was falsch gemacht?«

»Dieser Job ist eine Nummer zu groß für dich, Freundchen. Ich hab zu lange dran geplant, um ihn mir von einem Verrückten vermurksen zu lassen.«

»Hör mal, Whitey, wenn dieser Gehirnklempner …«

»Chick«, sagte White ruhig, und Chick kam an die Tür, die Spielkarten in der Hand. Er schlug damit klatschend auf die harten Knöchel seiner anderen Hand, und da schluckte Kenny schwer, stand auf, stopfte ein paar Klamotten in eine Tasche und ging. Als er fort war, kehrten White und Chick ins Wohnzimmer zurück und unterhielten sich mit der Gelassenheit und dem Selbstvertrauen von Profis über den geplanten Lohngeldcoup.

Bitte beachten Sie auch die folgenden Seiten

Henry Slesar im Diogenes Verlag

Erlesene Verbrechen und makellose Morde
Geschichten. Auswahl und Einleitung von Alfred Hitchcock. Aus dem Amerikanischen von Günter Eichel und Peter Naujack. Mit Zeichnungen von Tomi Ungerer

Ein Bündel Geschichten für lüsterne Leser
Sechzehn Kriminalgeschichten
Deutsch von Günter Eichel. Mit einer Einleitung von Alfred Hitchcock und vielen Zeichnungen von Tomi Ungerer

Aktion Löwenbrücke
Roman. Deutsch von Günter Eichel

Das graue distinguierte Leichentuch
Roman. Deutsch von Paul Baudisch und Thomas Bodmer

Vorhang auf, wir spielen Mord!
Roman. Deutsch von Thomas Schlück

Ruby Martinson
Vierzehn Geschichten um den größten erfolglosen Verbrecher der Welt, erzählt von einem Freunde. Deutsch von Helmut Degner

Hinter der Tür
Roman. Deutsch von Thomas Schlück

Schlimme Geschichten für schlaue Leser
Deutsch von Thomas Schlück

Coole Geschichten für clevere Leser
Deutsch von Thomas Schlück

Fiese Geschichten für fixe Leser
Deutsch von Thomas Schlück

Böse Geschichten für brave Leser
Deutsch von Christa Hotz und Thomas Schlück

Die siebte Maske
Roman. Deutsch von Alexandra und Gerhard Baumrucker

Frisch gewagt ist halb gemordet
Geschichten. Deutsch von Barbara Rojahn-Deyk und Jobst-Christian Rojahn

Das Morden ist des Mörders Lust
Sechzehn Kriminalgeschichten
Deutsch von Barbara Rojahn-Deyk und Jobst-Christian Rojahn

Meistererzählungen
Deutsch von Thomas Schlück und Günter Eichel

Mord in der Schnulzenklinik
Roman. Deutsch von Jobst-Christian Rojahn

Rache ist süß
Geschichten. Deutsch von Ingrid Altrichter

Das Phantom der Seifenoper
Geschichten. Deutsch von Edith Nerke, Barbara Rojahn-Deyk und Jobst-Christian Rojahn

Teuflische Geschichten für tapfere Leser
Deutsch von Jürgen Bürger

Listige Geschichten für arglose Leser
Deutsch von Irene Holicki und Barbara Rojahn-Deyk

Eine Mordschance
Geschichten. Deutsch von Jobst-Christian Rojahn

G.K. Chesterton im Diogenes Verlag

»Ich glaube, Chesterton ist einer der besten Schriftsteller unserer Zeit, und dies nicht nur wegen seiner glücklichen Erfindungsgabe, seiner bildlichen Vorstellungskraft und wegen der kindlichen oder göttlichen Freude, die auf jeder Seite seines Werks durchscheint, sondern auch wegen seiner rhetorischen Qualitäten, wegen seiner reinen und schlichten Virtuosität.«
Jorge Luis Borges

»Erstaunlich, wie lange und wie gut sich der Reiz dieser Geschichten erhalten hat. Er liegt in der Figur des Pater Brown und in der Erzählweise Chestertons, in den Bocksprüngen seiner Phantasie, in seinen grotesken Vergleichen und verblüffenden Paradoxien.«
Georg Hensel/Frankfurter Allgemeine Zeitung

Eine Trilogie der besten
Pater-Brown-Geschichten

Pater Brown und das blaue Kreuz
Geschichten. Aus dem Englischen
von Heinrich Fischer

Pater Brown und der Fehler in der Maschine
Geschichten. Deutsch von Norbert Miller, Alfons
Rottmann und Dora Sophie Kellner

Pater Brown und das schlimmste Verbrechen der Welt
Geschichten. Deutsch von Alfred P. Zeller,
Kamilla Demmer und Alexander Schmitz

Mary Hottingers Anthologien im Diogenes Verlag

Mord
Kriminalgeschichten aus England und Amerika von Edgar Allan Poe bis Raymond Chandler, Vorwort von Mary Hottinger. Mit Vignetten von Paul Flora

Mehr Morde
Kriminalgeschichten aus England und Amerika von Margery Allingham bis Henry Slesar, Vorwort von Mary Hottinger. Mit Vignetten von Paul Flora

Noch mehr Morde
Kriminalgeschichten aus England und Amerika von Dorothy Sayers bis Peter Cheyney, Vorwort von Mary Hottinger. Mit Vignetten von Paul Flora

Wahre Morde
Die berühmtesten Kriminalfälle und -prozesse aus England, gesammelt und vorgeführt von Mary Hottinger, übersetzt von Peter Naujack

Gespenster
Die besten Gespenstergeschichten aus England von Daniel Defoe bis Elizabeth Bowen

Mehr Gespenster
Die besten Gespenstergeschichten aus England, Schottland und Irland von Rudyard Kipling bis H.G. Wells

Noch mehr Gespenster
Die besten Gespenstergeschichten aus aller Welt von Nikolai Gogol bis Guy de Maupassant. In memoriam Mary Hottinger, herausgegeben von Dolly Dolittle

Ehegeschichten
von Joseph Conrad bis Mary McCarthy

Familiengeschichten
von W. Somerset Maugham bis F. Scott Fitzgerald, Vorwort von Mary Hottinger

Kindergeschichten
von Charles Dickens bis Doris Lessing

Ganz gemeine Geschichten
von Herman Melville bis W. Somerset Maugham

Unheimliche Geschichten
Eine Sammlung von ungewöhnlichen, kuriosen und gar schauerlichen Geschichten von Ambrose Bierce bis G.K. Chesterton

Horror
Klassische und moderne Horrorgeschichten von Charles Dickens bis Ernest Hemingway, Nachwort von Mary Hottinger

Mehr Horror
Moderne Horrorgeschichten von Graham Greene bis Patricia Highsmith. In memoriam Mary Hottinger, ausgewählt von Barbara Birrer

Noch mehr Horror
Klassische Horrorgeschichten von Edgar Allan Poe bis Anton Čechov. In memoriam Mary Hottinger, ausgewählt von Christian Strich

Geldgeschichten
Von Mark Twain bis W. Somerset Maugham. Für den Literaturfreund ausgewählt und mit einem Vorwort von Mary Hottinger

Dashiell Hammett im Diogenes Verlag

»Hammett brachte Menschen aufs Papier, wie sie waren, und ließ sie in der Sprache reden und denken, für die ihnen unter solchen Umständen der Schnabel gewachsen war.
Er brachte immer und immer wieder fertig, was überhaupt nur die allerbesten Schriftsteller schaffen. Er schrieb Szenen, bei denen man das Gefühl hat, sie seien noch niemals je beschrieben worden.«
Raymond Chandler

Fliegenpapier
und andere Detektivstories. Aus dem Amerikanischen von Harry Rowohlt, Helmut Kossodo, Helmut Degner, Peter Naujack und Elizabeth Gilbert. Mit einem Vorwort von Lillian Hellman

Der Malteser Falke
Roman. Deutsch von Peter Naujack

Das große Umlegen
und andere Detektivstories. Deutsch von Hellmuth Karasek, Walter E. Richartz und Wulf Teichmann

Rote Ernte
Roman. Deutsch von Gunar Ortlepp

Der Fluch des Hauses Dain
Roman. Deutsch von Wulf Teichmann

Der gläserne Schlüssel
Roman. Deutsch von Hans Wollschläger

Der dünne Mann
Roman. Deutsch von Tom Knoth

Fracht für China
und andere Detektivstories. Deutsch von Antje Friedrichs, Elizabeth Gilbert und Walter E. Richartz

Das Haus in der Turk Street
und andere Detektivstories. Deutsch von Wulf Teichmann

Das Dingsbums Küken
und andere Detektivstories. Deutsch von Wulf Teichmann. Mit einem Nachwort von Steven Marcus

Meistererzählungen
Ausgewählt von William Matheson. Deutsch von Wulf Teichmann, Walter E. Richartz, Hellmuth Karasek und Elizabeth Gilbert

Diane Johnson
Dashiell Hammett
Eine Biographie. Deutsch von Nikolaus Stingl. Mit zahlreichen Abbildungen

Eric Ambler im Diogenes Verlag

»Es hat keinen Autor gegeben, der ähnlich fähig gewesen wäre, seine politische Urteilsfähigkeit in Story, in Geschichte, in erzählten Fortgang zu verwandeln. Ich halte Ambler für einen der bedeutendsten lebenden Autoren überhaupt.« *Helmut Heißenbüttel*

Schmutzige Geschichte
Roman. Aus dem Englischen von Günter Eichel

Topkapi
Roman. Deutsch von Elsbeth Herlin und Nikolaus Stingl

Waffenschmuggel
Roman. Deutsch von Tom Knoth

Das Intercom-Komplott
Roman. Deutsch von Dietrich Stössel

Der Levantiner
Roman. Deutsch von Tom Knoth

Die Maske des Dimitrios
Roman. Deutsch von Matthias Fienbork

Doktor Frigo
Roman. Deutsch von Tom Knoth und Judith Claassen

Der Fall Deltschev
Roman. Deutsch von Mary Brand und Walter Hertenstein

Eine Art von Zorn
Roman. Deutsch von Malte Krutzsch

Schirmers Erbschaft
Roman. Deutsch von Harry Reuß-Löwenstein, Th. A. Knust und Rudolf Barmettler

Die Angst reist mit
Roman. Deutsch von Matthias Fienbork

Bitte keine Rosen mehr
Roman. Deutsch von Tom Knoth

Besuch bei Nacht
Roman. Deutsch von Wulf Teichmann

Der dunkle Grenzbezirk
Roman. Deutsch von Walter Hertenstein und Ute Haffmans

Ungewöhnliche Gefahr
Roman. Deutsch von Walter Hertenstein und Werner Morlang

Anlaß zur Unruhe
Roman. Deutsch von Franz Cavigelli

Nachruf auf einen Spion
Roman. Deutsch von Peter Fischer

Mit der Zeit
Roman. Deutsch von Hans Hermann

Ambler by Ambler
Eric Ambler's Autobiographie
Deutsch von Matthias Fienbork

Die Begabung zu töten
Deutsch von Matthias Fienbork

Wer hat Blagden Cole umgebracht?
Lebens- und Kriminalgeschichten
Deutsch von Matthias Fienbork

Über Eric Ambler
Zeugnisse von Alfred Hitchcock bis Helmut Heißenbüttel. Herausgegeben von Gerd Haffmans unter Mitarbeit von Franz Cavigelli. Mit Chronik und Bibliographie. Erweiterte Neuausgabe 1989

Ross Macdonald im Diogenes Verlag

»Ross Macdonald gilt schon heute als ein Klassiker des Kriminalromans. Kein anderer lebender Thriller-Autor ist in den USA und in Großbritannien so gefeiert worden wie er: die ›New York Times Book Review‹ und ›Newsweek‹ widmeten ihm mehrere Titelgeschichten – kein anderer ist so erfolgreich.
Lew Archer, Macdonalds grauhaariger und keineswegs heldenhafter Privatdetektiv, gehört zu der Spezies, wie sie vor ihm etwa Hammetts Sam Spade und, vor allem, Chandlers Philip Marlowe verkörperten.«
Luzerner Neueste Nachrichten

Durchgebrannt
Roman. Aus dem Amerikanischen von Helmut Degner

Geld kostet zuviel
Roman. Deutsch von Günter Eichel

Die Kehrseite des Dollars
Roman. Deutsch von Günter Eichel

Der Untergrundmann
Roman. Deutsch von Hubert Deymann

Dornröschen war ein schönes Kind...
Roman. Deutsch von Wulf Teichmann

Unter Wasser stirbt man nicht!
Roman. Deutsch von Hubert Deymann

Ein Grinsen aus Elfenbein
Roman. Deutsch von Charlotte Hamberger

Die Küste der Barbaren
Roman. Deutsch von Marianne Lipcowitz

Der Fall Galton
Roman. Deutsch von Egon Lothar Wensk

Gänsehaut
Roman. Deutsch von Gretel Friedmann

Der blaue Hammer
Roman. Deutsch von Peter Naujack

Der Drahtzieher
Sämtliche Detektivstories um Lew Archer I. Mit einem Vorwort des Autors. Deutsch von Hubert Deymann und Peter Naujack

Einer lügt immer
Detektivstories um Lew Archer II. Deutsch von Hubert Deymann

Sanftes Unheil
Roman. Deutsch von Monika Schoenenberger

Der Mörder im Spiegel
Roman. Deutsch von Dietlind Bindheim

Blue City
Roman. Deutsch von Christina Sieg-Welti und Christa Hotz

Margaret Millar im Diogenes Verlag

»Margaret Millar beweist in ihren Krimis ein psychologisches Gespür für die Abgründe menschlichen Denkens und Handelns hinter den bürgerlichen Fassaden. Ohne Schnörkel, ohne jemals langatmig zu werden, erzählt sie spannende und beklemmende Geschichten, die den Leser nicht loslassen.« *Radio Bremen*

»Margaret Millars Blick ist so scharf wie der von Patricia Highsmith; noch entschiedener enthält sie sich jeden Effektes, jeder Extravaganz.«
Die Zeit, Hamburg

Die Feindin
Roman. Aus dem Amerikanischen von Elizabeth Gilbert

Liebe Mutter, es geht mir gut...
Roman. Deutsch von Elizabeth Gilbert

Ein Fremder liegt in meinem Grab
Roman. Deutsch von Elizabeth Gilbert

Die Süßholzraspler
Roman. Deutsch von Georg Kahn-Ackermann und Susanne Feigl

Von hier an wird's gefährlich
Roman. Deutsch von Fritz Güttinger

Fragt morgen nach mir
Roman. Deutsch von Anne Uhde

Der Mord von Miranda
Roman. Deutsch von Hans Hermann

Das eiserne Tor
Roman. Deutsch von Karin Reese und Michel Bodmer

Nymphen gehören ins Meer!
Roman. Deutsch von Otto Bayer

Fast wie ein Engel
Roman. Deutsch von Luise Däbritz

Die lauschenden Wände
Roman. Deutsch von Karin Polz

Banshee die Todesfee
Roman. Deutsch von Renate Orth-Guttmann

Kannibalen-Herz
Roman. Deutsch von Jobst-Christian Rojahn

Gesetze sind wie Spinnennetze
Roman. Deutsch von Jobst-Christian Rojahn

Blinde Augen sehen mehr
Roman. Deutsch von Renate Orth-Guttmann

Wie du mir
Roman. Deutsch von Renate Orth-Guttmann

Letzter Auftritt von Rose
Roman. Deutsch von Nikolaus Stingl

Stiller Trost
Roman. Deutsch von Klaus Schomburg

Umgarnt
Roman. Deutsch von Monika Elwenspoek

Da waren's nur noch neun
Roman. Deutsch von Ilse Bezzenberger

Ray Bradbury im Diogenes Verlag

»Bradbury ist ein Schriftsteller, für den ich Dankbarkeit empfinde, weil er uns eine Freude zurückgibt, die immer seltener wird: die Freude, die wir als Kinder empfanden, wenn wir eine Geschichte hörten, die unglaublich war, aber die wir gerne glaubten.«
Federico Fellini

»Einer der größten Visionäre unter den zeitgenössischen Autoren.« *Aldous Huxley*

Der illustrierte Mann
Erzählungen
Aus dem Amerikanischen von Peter Naujack

Fahrenheit 451
Roman. Deutsch von Fritz Güttinger

Die Mars-Chroniken
Roman in Erzählungen. Deutsch von Thomas Schlück

Die goldenen Äpfel der Sonne
Erzählungen. Deutsch von Margarete Bormann

Medizin für Melancholie
Erzählungen. Deutsch von Margarete Bormann

Das Böse kommt auf leisen Sohlen
Roman. Deutsch von Norbert Wölfl

Löwenzahnwein
Roman. Deutsch von Alexander Schmitz

Das Kind von morgen
Erzählungen. Deutsch von Christa Hotz und Hans-Joachim Hartstein

Die Mechanismen der Freude
Erzählungen. Deutsch von Peter Naujack

Familientreffen
Erzählungen. Deutsch von Jürgen Bauer

Der Tod ist ein einsames Geschäft
Roman. Deutsch von Jürgen Bauer

Der Tod kommt schnell in Mexico
Erzählungen. Deutsch von Walle Bengs

Die Laurel & Hardy-Liebesgeschichte
und andere Erzählungen
Deutsch von Otto Bayer und Jürgen Bauer

Friedhof für Verrückte
Roman. Deutsch von Gerald Jung

Halloween
Roman. Deutsch von Dirk van Gunsteren

Magdalen Nabb im Diogenes Verlag

»Magdalen Nabb ist die geborene Erzählerin, ihre Geschichten sind von überwältigender Echtheit.«
Sunday Times, London

»Die gebürtige Engländerin und Wahlflorentinerin Magdalen Nabb muß als die ganz große Entdeckung im Genre des anspruchsvollen Kriminalromans bezeichnet werden. Eine Autorin von herausragender internationaler Klasse.«
Herbert M. Debes/mid Nachrichten, Frankfurt

»Nie eine falsche Note. Bravissimo!«
Georges Simenon

Tod im Frühling
Roman. Aus dem Englischen von Matthias Müller. Mit einem Vorwort von Georges Simenon

Tod im Herbst
Roman. Deutsch von Matthias Fienbork

Tod eines Engländers
Roman. Deutsch von Matthias Fienbork

Tod eines Holländers
Roman. Deutsch von Matthias Fienbork

Tod in Florenz
Roman. Deutsch von Monika Elwenspoek

Tod einer Queen
Roman. Deutsch von Matthias Fienbork

Tod im Palazzo
Roman. Deutsch von Matthias Fienbork

Magdalen Nabb & Paolo Vagheggi:
Terror
Roman. Deutsch von Bernd Samland

Meistererzählungen der Weltliteratur im Diogenes Verlag

● **Alfred Andersch**
Mit einem Nachwort von Lothar Baier

● **Honoré de Balzac**
Ausgewählt von Auguste Amédée de Saint-Gall. Mit einem Nachwort versehen von Georges Simenon

● **Ambrose Bierce**
Auswahl und Vorwort von Mary Hottinger. Aus dem Amerikanischen von Joachim Uhlmann. Mit Zeichnungen von Tomi Ungerer

● **Giovanni Boccaccio**
Meistererzählungen aus dem Decamerone. Ausgewählt von Silvia Sager. Aus dem Italienischen von Heinrich Conrad

● **Anton Čechov**
Ausgewählt von Franz Sutter. Aus dem Russischen von Ada Knipper, Herta von Schulz und Gerhard Dick

● **Miguel de Cervantes Saavedra**
Aus dem Spanischen von Gerda von Uslar. Mit einem Nachwort von Fritz R. Fries

● **Raymond Chandler**
Aus dem Amerikanischen von Hans Wollschläger

● **Agatha Christie**
Aus dem Englischen von Maria Meinert, Maria Berger und Ingrid Jacob

● **Stephen Crane**
Herausgegeben, aus dem Amerikanischen und mit einem Nachwort von Walter E. Richartz

● **Fjodor Dostojewskij**
Herausgegeben, aus dem Russischen und mit einem Nachwort von Johannes von Guenther

● **Friedrich Dürrenmatt**
Mit einem Nachwort von Reinhardt Stumm

● **Joseph von Eichendorff**
Mit einem Nachwort von Hermann Hesse

● **William Faulkner**
Ausgewählt, aus dem Amerikanischen und mit einem Nachwort von Elisabeth Schnack

● **F. Scott Fitzgerald**
Ausgewählt und mit einem Nachwort von Elisabeth Schnack. Aus dem Amerikanischen von Walter Schürenberg, Anna von Cramer-Klett, Elga Abramowitz und Walter E. Richartz

● **Nikolai Gogol**
Ausgewählt, aus dem Russischen und mit einem Vorwort von Sigismund von Radecki

● **Jeremias Gotthelf**
Mit einem Essay von Gottfried Keller

● **Dashiell Hammett**
Ausgewählt von William Matheson. Aus dem Amerikanischen von Wulf Teichmann, Walter E. Richartz, Hellmuth Karasek und Elizabeth Gilbert

● **O. Henry**
Aus dem Amerikanischen von Christine Hoeppner, Wolfgang Kreiter, Rudolf Löwe und Charlotte Schulze. Nachwort von Heinrich Böll

● **Hermann Hesse**
Zusammengestellt, mit bio-bibliographischen Daten und Nachwort von Volker Michels

● **Patricia Highsmith**
Ausgewählt von Patricia Highsmith. Aus dem Amerikanischen von Anne Uhde, Walter E. Richartz und Wulf Teichmann

● **E.T.A. Hoffmann**
Herausgegeben von Christian Strich. Mit einem Nachwort von Stefan Zweig

● **Washington Irving**
Aus dem Amerikanischen von Gunther Martin. Mit Illustrationen von Henry Ritter und Wilhelm Camphausen

● **Franz Kafka**
Mit einem Essay von Walter Muschg sowie einer Erinnerung an Franz Kafka von Kurt Wolff

● **Gottfried Keller**
Mit einem Nachwort von Walter Muschg

● **D.H. Lawrence**
Ausgewählt, aus dem Englischen und mit einem Nachwort von Elisabeth Schnack

● **Jack London**
Aus dem Amerikanischen von Erwin Magnus. Mit einem Vorwort von Herbert Eisenreich

● **Carson McCullers**
Ausgewählt von Anton Friedrich. Aus dem Amerikanischen von Elisabeth Schnack

● **Heinrich Mann**
Mit einem Vorwort von Hugo Loetscher und 24 Zeichnungen von George Grosz

● **Katherine Mansfield**
Ausgewählt, aus dem Englischen und mit einem Nachwort von Elisabeth Schnack

● **W. Somerset Maugham**
Ausgewählt von Gerd Haffmans. Aus dem Englischen von Kurt Wagenseil, Tina Haffmans und Mimi Zoff

● **Guy de Maupassant**
Ausgewählt, aus dem Französischen und mit einem Nachwort von Walter Widmer

● **Meistererzählungen aus Amerika**
Geschichten von Edgar Allan Poe bis John Irving. Herausgegeben von Gerd Haffmans. Mit einleitenden Essays von Edgar Allan Poe und Ring Lardner, Zeittafel, bio-bibliographischen Notizen und Literaturhinweisen. Erweiterte Neuausgabe 1995

● **Meistererzählungen aus Frankreich**
Geschichten von Stendhal bis Georges Simenon. Herausgegeben von Anne Schmucke und Gerda Lheureux. Mit Zeittafel, bio-bibliographischen Notizen und Literaturhinweisen.

● **Meistererzählungen aus Irland**
Geschichten von Frank O'Connor bis Bernard Mac Laverty. Herausgegeben von Gerd Haffmans. Mit einem Essay von Frank O'Connor, bio-bibliographischen Notizen und Literaturhinweisen. Erweiterte Neuausgabe 1995

● **Herman Melville**
Aus dem Amerikanischen von Günther Steinig. Nachwort von Hans-Rüdiger Schwab

● **Prosper Mérimée**
Aus dem Französischen von Arthur Schurig und Adolf V. Bystram. Mit einem Nachwort von V. S. Pritchett

● **Conrad Ferdinand Meyer**
Mit einem Nachwort von Albert Schirnding

● **Frank O'Connor**
Aus dem Englischen und mit einem Nachwort von Elisabeth Schnack

● **Liam O'Flaherty**
Aus dem Englischen und mit einem Nachwort von Elisabeth Schnack

● **George Orwell**
Ausgewählt von Christian Strich. Aus dem Englischen von Felix Gasbarra, Peter Naujack, Alexander Schmitz, Nikolaus Stingl u.a.

● **Konstantin Paustowski**
Aus dem Russischen von Rebecca Candreia und Hans Luchsinger

● **Luigi Pirandello**
Ausgewählt und mit einem Nachwort von Lisa Rüdiger. Aus dem Italienischen von Percy Eckstein, Hans Hinterhäuser und Lisa Rüdiger

● **Edgar Allan Poe**
Ausgewählt und mit einem Vorwort von Mary Hottinger. Aus dem Amerikanischen von Gisela Etzel.

● **Alexander Puschkin**
Aus dem Russischen von André Villard. Mit einem Fragment ›Über Puschkin‹ von Maxim Gorki

● Joseph Roth
Ausgewählt von Daniel Keel. Mit einem Nachwort von Stefan Zweig

● Saki
Aus dem Englischen von Günter Eichel. Mit einem Nachwort von Thomas Bodmer und Zeichnungen von Edward Gorey

● Alan Sillitoe
Aus dem Englischen von Hedwig Jolenberg und Wulf Teichmann

● Georges Simenon
Aus dem Französischen von Wolfram Schäfer, Angelika Hildebrandt-Essig, Gisela Stadelmann, Linde Birk und Lislott Pfaff

● Henry Slesar
Aus dem Amerikanischen von Thomas Schlück und Günter Eichel

● Muriel Spark
Aus dem Englischen von Peter Naujack und Elisabeth Schnack

● Stendhal
Aus dem Französischen von Franz Hessel, M. von Musil und Arthur Schurig. Mit einem Nachwort von Maurice Bardèche

● Robert Louis Stevenson
Aus dem Englischen von Marguerite und Curt Thesing. Mit einem Nachwort von Lucien Deprijck

● Adalbert Stifter
Mit einem Nachwort von Julius Stöcker

● Leo Tolstoi
Ausgewählt von Christian Strich. Aus dem Russischen von Arthur Luther, Erich Müller und August Scholz

● B. Traven
Ausgewählt von William Matheson

● Iwan Turgenjew
Herausgegeben, aus dem Russischen übersetzt und mit einem Nachwort versehen von Johannes von Guenther

● Mark Twain
Mit einem Vorwort von N.O. Scarpi

● Jules Verne
Aus dem Französischen von Erich Fivian

● H.G. Wells
Ausgewählt von Antje Stählin. Aus dem Englischen von Gertrud J. Klett, Lena Neumann und Ursula Spinner